十九首世界诗歌批评本丛书　"上海高校服务国家重大战略出版工程"资助项目

王家新　著

保罗·策兰诗歌批评本

Paul Celan：A Critical Reader

华东师范大学出版社
·上海·

图书在版编目（CIP）数据

保罗·策兰诗歌批评本/王家新著. —上海：华东师范大学出版社,2021
（十九首世界诗歌批评本）
ISBN 978-7-5760-1581-2

Ⅰ.①保… Ⅱ.①王… Ⅲ.①诗歌评论—德国—现代 Ⅳ.①I516.072

中国版本图书馆 CIP 数据核字（2021）第 065657 号

本丛书的出版也获得了复旦大学文学翻译研究中心的支持，在此一并致谢。

保罗·策兰诗歌批评本

著　者　王家新
策划编辑　王　焰　顾晓清
责任编辑　顾晓清
审读编辑　吴飞燕
责任校对　时东明

出版发行　华东师范大学出版社
社　　址　上海市中山北路 3663 号　邮编 200062
网　　址　www.ecnupress.com.cn
电　　话　021-60821666
客服电话　021-62865537
网　　店　http://hdsdcbs.tmall.com/

印 刷 者　杭州日报报业集团盛元印务有限公司
开　　本　890×1240　32 开
印　　张　11.875
字　　数　175 千字
版　　次　2021 年 5 月第 1 版
印　　次　2021 年 5 月第 1 次
书　　号　ISBN 978-7-5760-1581-2
定　　价　65.00 元

出版人　王　焰

（如发现本版图书有印订质量问题，请寄回本社客服中心调换或电话 021-62865537 联系）

目 录

1　　　　序论　以歌的桅杆驶向大地
　　　　　——策兰的生平和创作

策兰诗歌导读(二十首)

3　　　　在埃及
1 1　　　死亡赋格
2 7　　　数数杏仁
3 7　　　以一把可变的钥匙
4 5　　　科隆,王宫街
5 3　　　安息日
6 1　　　卫墙
8 1　　　西伯利亚
9 3　　　带着来自塔露萨的书
1 1 9　　你可以
1 2 9　　再没有沙的艺术
1 3 9　　凝结
1 4 9　　在你的晚脸前
1 5 9　　线太阳群
1 6 9　　以歌的桅杆驶向大地
1 7 7　　法兰克福,九月

1

187	我仍可以看你
195	托特瑙山
209	什么也没有
219	你躺在

策兰研究文选

231	无需掩饰的歧义性　（美国）皮埃尔·乔瑞斯
	杨东伟 译　王家新 校
256	我是谁，你又是谁　（德国）汉斯-格奥尔格·伽达默尔
	王家新等　译
273	从"晚期风格"往回看
	——策兰对莎士比亚十四行诗的翻译
	王家新

策兰诗歌扩展阅读（二十首）

293	水晶
295	旅伴

297	花冠
299	法国之忆
301	今夜同样
303	在一盏烛火前
307	在下面
309	在嘴唇高处
311	在收集的
313	淤泥渗出
315	灰烬的光辉
318	何处？
320	永恒老去
322	权力，暴力
324	毫不踌躇
326	闰世纪
329	那逃掉的
331	越过超便桶的呼唤
333	我听见斧头开花
335	在我精疲力竭的膝上
337	参考文献

序论　以歌的桅杆驶向大地
——策兰的生平和创作

保罗·策兰(Paul Celan,1920—1970),二十世纪下半叶以来在世界范围内产生最重要、持久影响的德语犹太诗人。

策兰原名安切尔(Antschel),1920 年 11 月 23 日生于切诺维茨(Czernowitz)一个讲德语的犹太家庭。切诺维茨原属奥匈帝国布科维纳(Bukowina)首府,是个有 600 多年历史的以德奥和犹太文化为主要基础的文化名城,在历史上有"小维也纳"之称,该城 10 万居民一小半为犹太人。策兰出生两年前奥匈帝国瓦解,该城划归罗马尼亚,1940 年以后被并入苏联乌克兰,改名为切尔诺夫策(Chernovtsy)。用波兰诗人米沃什的话说,策兰的故乡属于"另一个欧洲",是一片有着自身丰富多样的文化传统而又饱受纳粹帝国和苏联轮番统治的土地。

策兰的父亲为木材经纪人,母亲曾在托儿所工作。策兰的父母都有着正统的犹太教哈西德教派(Hassidic)背景,他的父亲还拥有强烈的犹太复国主义信念,"这是一个每周都自觉点亮安息日蜡烛的犹太家庭"。

策兰从小受到良好教育,最初上德语学校,因学费昂贵,转入希伯来语学校,后来在学校里学罗马尼亚文,但他们在家里只说标准德语(High German)。在热爱德国语言和文学的母亲的影响下,策兰六岁时即会背诵席勒的诗,青年时期开始用德语写诗,推崇里尔克等诗人。虽然策兰很早就感受到犹太人所受的排挤,但他们全家一直视德语为母语(mother tongue),视犹太民族的古老语言希伯来语为神圣语(holy tongue)。这种对德国语言文化身份的认同,使他们后来对德国人施加于他们的一切都毫无准备。

1938年11月策兰遵父母之命前往法国图尔读医学预科,次年夏秋回乡探亲期间,因战争爆发中断留学,改在切诺维茨大学读罗曼语文学。1940年,根据希特勒—斯大林协议,布科维纳地区被并入苏联乌克兰共和国,苏联军队进入切诺维茨,这样,策兰又学起了俄语。1941年6月,德国侵入苏联,成为德国轴心国的罗马尼亚的军队进入切诺维茨,德国党卫军先头部队跟进,具有数百年历史的犹太教堂被焚毁,犹太人遭到大肆迫害和屠杀。1942年6月,德军进驻切诺维茨,四万多名犹太人被强行驱逐到隔离区(后被分批押送到集中营)。策兰显然有一种对灾难的预感,6月27日那天,他力劝父母和他一起躲到朋友为他找的一个藏身之地,但父母却持一种听天由命的态度。次日策兰回到家里时,家门已被封了起来:父母已在纳粹的"夜间行动"中被带走。

接下来,策兰父母被押送到已被德国占领的乌克兰布格河东的米查罗夫卡(Michailowka)集中营。策兰自己被纳粹劳动营强征为苦力,在远离家乡的地方修筑公路和桥梁(当别人问他干什么时,"铲!"他这样回答。只不过在劳役间隙,他仍没有放弃他那天赋的使命——

写诗和译诗)。就在当年秋冬,噩耗相继传来:策兰的父亲因强制劳动和恶劣的生活条件死于斑疹伤寒,冬天,他挚爱的母亲因丧失劳动能力被纳粹枪杀,脖颈被一颗子弹洞穿。

这就是如奥斯维辛的幸存者、匈牙利犹太作家凯尔泰斯·伊姆莱(他也是策兰的译者)所说的"决定性事件"——那是一个让人不能逼视的黑洞,它决定了策兰的一生。

1944年2月,劳动营解散,策兰才得以回到故乡,但是,他已丧失了一切。世世代代生活在切诺维茨的犹太人一大半惨遭屠杀,所剩无几,该城也被苏联乌克兰重新接管,策兰的生活,包括讲德语,都受到限制。他的"冬天里的童话""夏天里的童话"(他后来曾在诗中这样回忆他的童年故乡),现在变成了"鬼魂之乡",成了他在余生中时时会以"有些神经质的手指"在地图上痛苦摸索的"一幅童年用的地图"(见策兰1960年毕希纳奖获奖演说《子午线》)。

因而策兰会告别故乡,于1945年4月前往罗马尼亚首都布加勒斯特。在朋友的帮助下他在一家出版社找到一份俄语翻译工作,他开始以"Ancel"为笔名,后来又将其前后颠倒,以"Celan"(这在拉丁文里有"隐藏"或"保密"的意思)亦即"策兰"作为他本人的名字。1946年,他翻译的莱蒙托夫的《当代英雄》出版后受到欢迎。1947年,他的《死亡探戈》等德文诗作被译成罗马尼亚文发表,同时,他也将卡夫卡的《在法的门前》等短篇作品译成了罗马尼亚文(卡夫卡的影响由此也贯穿了他的一生)。但到了1947年12月,罗马尼亚国王被迫退位,苏联模式下的新政权正式成立,幸存的犹太人和政治异己受到大肆迫害,策兰不得不再次选择了一条逃亡的艰辛道路,目标是维也纳——他父母和祖辈的奥匈帝国中心,他自己"童年时代的北极星"。

这对已成为一个德语诗人的策兰来说,还关涉一个语言选择问题。德国纳粹杀害了他的父母,这使母语德语成为了凶手的语言。这就是策兰后来在同家乡朋友通信时会说"德国语言是我的——而且一直就是我的痛苦的语言"的原因。但是,他已别无选择,哪怕这会给他带来矛盾和痛苦。他已同这种语言长在了一起。他也只能在这种语言中呼吸和存活,用他对朋友讲过的一句话说:"一个诗人只有用母语才能说出他自己的真实,用外语写作是在撒谎。"①

这也就是为什么他会冒险前往维也纳,一个他很早就视为精神之家,可以讲德语但却不属于德国人的地方。1947年底,策兰只随身带着他的诗稿,冒着千辛万苦和极大的危险,从罗马尼亚经匈牙利边境徒步偷渡到了维也纳。在难民营里安置下来后,当他带着布加勒斯特的朋友的信去见人时,人们感到他仿佛是来自"乌有之乡"。

不过,在维也纳,策兰凭着他的德语和优异的诗歌才能,很快就认识了著名画家埃德加·热内和其他一些诗人、艺术家、编辑。热内(1904—1984),德国超现实主义画家,在希特勒时期受到迫害,逃亡到维也纳隐居,战后复出,成为维也纳前卫艺术圈的中坚。策兰很早就受到超现实主义艺术的影响,在为热内的画册所写的《埃德加·热内与梦中之梦》中,他这样宣称:

---

① 转引自:FELSTINER J. Paul Celan: Poet, Survivor, Jew[M]. New Haven: Yale University Press, 2001: 47.

"我应该讲两句关于我在深海里所听到的,那里,有许多沉默,又有许多发生。我在现实的墙上和抗辩上打开了一个缺口,面对着海镜。我等了许久直到它破裂,并可以进入内部世界的巨大晶体。头顶着未被安慰的发现者的巨星,我追随埃德加·热内的画作。"①

这还是策兰第一次正式发表他的艺术观。他在维也纳受到了赞赏,不仅在杂志上发表了重要组诗《骨灰瓮之沙》,他的第一本诗集《骨灰瓮之沙》的出版也在筹划中(后来因印刷错误太多,被策兰要求销毁)。但对他来说更重要的,是认识了正在维也纳大学读哲学博士的敏感而富有文学天赋的英格褒·巴赫曼。这种相遇对策兰来说,"是石头到了开花的时候"(见《花冠》一诗),不仅在当时,对此后策兰一生的创作和精神支撑都很重要。

但是,作为来自罗马尼亚的难民,策兰不能久留在被盟军管制下的奥地利,他决定走得更远——巴黎。巴黎,对他来说,不仅是他热爱的波德莱尔、马拉美、阿波里奈尔、瓦雷里、德国诗人海涅、里尔克以及来自罗马尼亚的诗人查拉生活过的地方,还是他的作为法国犹太人的舅舅被押送到奥斯维辛(后来他就是死在那里)之前生活并接待过他的地方。1946年在布加勒斯特期间,策兰就曾写有《法国之忆》一诗:"和我一起回忆吧:巴黎的天空,硕大的秋水仙花……"

1948年7月5日,策兰登上了开往法国的列车。作为一个异乡

---

① 保罗·策兰.保罗·策兰诗文选[M].王家新,芮虎,译.石家庄:河北教育出版社,2002:153.

人,策兰在巴黎度过最初艰难的几年后,于 1951 年 11 月认识了后来的妻子、法国版画家吉瑟勒(Gisèle de Lestrange)。吉瑟勒生于贵族之家,从小受到严格的天主教教育。纵然她的父母很难接受一位流亡的犹太人,但吉瑟勒不为偏见左右,一年后和策兰成婚。接下来还算幸运,策兰获得了著名的巴黎高等师范学校的德语文学讲师教职,并于 1955 年正式获得法国国籍。如果策兰用法语写诗,他会成为一位著名的法国诗人。但是,命中注定他只能成为一个用流亡者的德语写诗的犹太诗人。

而德国也迎来了这样一位注定会改变其文学地图的诗人。1952 年 5 月,策兰在巴赫曼(那时她已成为一颗文学新星)的力荐下参加了西德四七社在波罗的海边尼恩多夫的文学年会。四七社成立于 1947 年,是战后德国最重要、最有影响力的作家社团。策兰在参加年会后,又应约在斯图加特出版了诗集《罂粟与记忆》(Mohn und Gedächtnis),其诗歌天赋很快引起注意,尤其是《死亡赋格》一诗,在德语世界产生了人们未曾意料到的广泛影响。正是这首"时代之诗",奠定了策兰在战后德语诗坛的重要位置。

策兰这次访问西德,也是他一生中第一次"正式"踏上德国的土地。上一次是 1938 年 11 月 9 日,他在前往法国留学的路上经过柏林安哈尔特火车站,正好遇上了纳粹分子疯狂捣毁犹太人商店、焚烧犹太教堂的"水晶之夜"("你遇见了一缕烟/它已来自明天",《卫墙》)。我们可以想见他作为一个大屠杀的幸存者的心情了,据说当他在汉堡街上见到一些德国妇女为一条被车撞死的狗叹息时,他曾这样对朋友说:"他们竟然为一条死狗悲叹!"

纵然如此,他只能将自己的一生献给这"德语的,痛苦的诗韵"(见策兰早期献给他母亲的《墓旁》一诗:"而你是否还能忍受,妈妈,如从前一样,/那轻盈的,德语的,痛苦的诗韵?")。在《罂粟与记忆》之后,策兰又出版了诗集《从门槛到门槛》(Von Schwelle zu Schwelle,1955)、《言语栅栏》(Sprachgitter,1959),获得了不莱梅文学奖等多种德语文学奖,在德语世界产生了更广泛的影响。在 1960 年的一封信中,流亡在瑞典的德语犹太女诗人内莉·萨克斯就称策兰为"我们时代的荷尔德林"了。①

但是,针对策兰的攻击也在升级,那就是人们后来所称的"戈尔事件"(Goll-Affäre)。② 策兰到巴黎一年后,认识了生于法德边境的法国超现实主义前辈诗人伊凡·戈尔(Yvan Goll,1891—1950)。戈尔本人很看重策兰的诗歌才华,请策兰将他的诗从法语译成德文,并在遗嘱中将策兰列为伊凡·戈尔基金会的五位成员之一。

但是,戈尔逝世后,戈尔的遗孀克莱尔·戈尔(Claire Goll)对策兰的译文很不满,认为译文带有太多的策兰本人的印记,并阻止出版社出版策兰的三卷本译作。这给他们的关系布下了阴影。策兰的《罂粟与记忆》1952 年出版后在德语世界引起高度评价,这在克莱尔那里引发了强烈嫉恨,从 1953 年 8 月起,她就把指控策兰"剽窃"的信件复印件及相关"资料"寄给西德、奥地利和英法的众多作家、评论

---

① CELAN P. Nelly Sachs:Correspondence[M]. CLARK C, translate. New York:The Sheep Meadow Press, 1995:24.
② 关于这一事件全部的过程,参看巴巴拉·威德曼(Barbara Wiedemann)主编的《保罗·策兰——戈尔事件》(美因河畔法兰克福:苏尔坎普出版社,2000 年)。

家、出版社、杂志和电台编辑。她在信中列举了一些策兰诗作与戈尔1951年出版的诗集中相似的句子和段落,但实际上,《罂粟与记忆》中除了一首,其他诗均出自策兰1948年在维也纳出版的诗集《骨灰瓮之沙》(后因印刷问题被策兰本人撤回),而且策兰也将这本《骨灰瓮之沙》于1949年11月送给过戈尔,戈尔本人在住院期间也读过。克莱尔的指控是很恶毒的,手法也很卑劣(比如她把戈尔一些诗的写作日期提前),目的是摧毁策兰的诗和人本身。

这样,关于策兰"剽窃"的传闻不胫而走。更可怕的伤害还在后面:1960年3—4月,慕尼黑一家新创办的诗刊以"爆猛料"的架势,以《关于保罗·策兰一些鲜为人知的事》为题发表了克莱尔的信,并在编者按中声称拒绝"舔策兰先生的屁股"。这种"爆猛料"一时间取得了效应,几家西德著名报刊不加任何验证和辨别,就直接引用了这些诽谤性的东西。

面对这种恶意攻击和诋毁,巴赫曼、恩岑斯贝尔格、瓦尔特·延斯、彼特·斯丛迪等著名德语诗人、作家、批评家都曾撰文为策兰做了有力辩护,德国语言和文学学院、奥地利笔会都一致反驳对策兰的指控,正是在克莱尔的信公开发表以后,德国语言和文学学院于1960年4月底开会,决定将该年度的毕希纳文学奖授予策兰。

但是伤害已经造成。使策兰更难以承受的,是这种指控与在西德死灰复燃的新反犹浪潮的"同步性",他感到自己成了一个便利的牺牲品。1957年他在波恩大学朗诵时,反犹分子就曾在他朗诵的教室黑板上写下恶毒的标语。1959年圣诞夜,科隆新建的犹太会堂被涂上纳粹标记和反犹标语,令世人震动。在这种氛围下,策兰视克莱尔的行径为反犹阴谋的一部分,而这也并不能归结为偏执多疑:克莱尔在其公开信中就称策兰当年到巴黎后怎样给他们讲其父母被杀害的"悲惨传奇",这真是一个恶毒的字眼,好像对犹太人的大屠杀是被编造出来似的!

在承受伤害的同时,策兰的反应也日趋极端了。虽然他本人并没有正式出面反驳对他的诋毁,一种深深的无力感,还有尊严,使他不屑于参与其中(他在给朋友的信中说他不想"与那些死灰复燃的戈培尔势力搅在一起"),但他所患的大屠杀的幸存者们常见的那种被追逐恐惧妄想症却由此加重了。他本人曾试图与之达成和解的德国,也再次成了"一片恐怖的风景"。

"人们徒劳地谈论正义,直到巨大的战列舰将一个淹死者额头撞碎为止",这是他在早期作品《逆光》中的一句话。作为大屠杀的幸存者,他早就对"正义"不抱指望。现在他感到的是德国人面对历史的无力,是一片可耻的、怪异的沉默。他也不得不重新打量诗与时代的关系。在给朋友 J·P·沃尔曼的信中他这样说:"此事根本不再是关于我和拙诗的问题,而是关系到我们全体尚能呼吸的空气。"在信的边缘他还写下"人所不愿见到者,终究是诗。然而诗还是有的,因为荒谬……"。①

"然而诗还是有的",因为这是一个一直顶着死亡的"逆光"顽强写作的诗人。1960 年前后,正是在所谓"戈尔事件"达到高潮时,策兰写下了一首诗,可视为他的一个回答:

---

① 转引自:李魁贤.德国文学散论[M].台北:台北三民书局,1994:123-124.

那里是词,未死的词,坠入:
我额头后面的天国之峡谷,
走过去,被唾沫和废物引领,
那伴随我生活的七枝星花。

夜房里的韵律,粪肥的呼吸,
为意象奴役的眼睛——
但是:还有正直的沉默,一方石头,
避开了恶魔之梯。

  诗中的激愤之情和一些意象都不难理解。"七枝星花",则让人联想到犹太教神圣的七枝烛台。实际上,在那时策兰郑重送给妻子吉瑟勒的曼德尔施塔姆译诗集上,就写有这句神圣誓约般的题辞:"靠近我们的七枝烛台,靠近我们的七朵玫瑰"!

  策兰和他的诗是任何人也摧毁不了的。仅仅一首《死亡赋格》,就是一首具有划时代意义的不可磨灭的纪念碑。如今,走近柏林著名的展示德国犹太人历史命运的犹太博物馆(由著名犹太建筑师丹尼尔·里柏斯金设计),它的黄颜色老馆外墙与外表为银灰色镀锌铁皮的新建筑体,马上就会使人想起《死亡赋格》一诗那最后的两句:

你的金色头发玛格丽特
你的灰色头发苏拉米斯

这是有意设计的吗？肯定。在新馆后面，还专门设有一处"保罗·策兰庭院"。我想，这比任何国家的"先贤祠"更能显示一个诗人在一个苦难民族心目中神圣而不可冒犯的位置。

《死亡赋格》之所以产生如此重大的影响，除了诗本身的思想艺术力量外，显然还在于诗背后的历史，亦即二十世纪对犹太人的大屠杀。可以说，在这首诗的背后，是千百万亡灵的合唱队。

《死亡赋格》和时代的深刻关联还在于，"奥斯维辛"不仅是一个大屠杀和种族灭绝的象征，它还一直伴随着人们对"现实"的体验，伴随着人们对一切现代集权主义，对专制程序，对国家主义或种族意识形态，对政治和社会的异化形式，对工业文明和种族、信仰、文化问题的重新审视和批判。正因为如此，"奥斯维辛"成为一个超越了一切具体历史时间和地点、具有某种绝对性质的象征。德国著名批评家延斯就曾这样耐人寻味地说："在还没有奥斯维辛时，卡夫卡已经在奥斯维辛中了。"①

因此，借用凯尔泰斯的一个说法，《死亡赋格》的"胜利"，其实是"奥斯维辛"的"胜利"（凯尔泰斯曾这样谈论自己的作品："它的主题是关于奥斯维辛的胜利……而这个世界也与这部小说相仿，其精华也是关于奥斯维辛的胜利。"②）。在这位无情的思想者看来，"奥斯维辛"不仅令一切理性失效、令人无法通过回忆来逼视，它甚至还是一

---

① 汉斯·昆,瓦尔特·延斯.诗与宗教[M].李永平,译.北京：生活·读书·新知三联书店,2005：317.
② 凯尔泰斯·伊姆莱.另一个人：变形者札记[M].余泽民,译.北京：作家出版社, 2003：84.

个"未完成"的"现代神话"。①

因而,随着时间的流逝,人们愈来愈认识到策兰的诗对我们这个时代的意义,因为人们发现他们仍生活在"奥斯维辛"的诅咒之下,因为那致命的"黑色牛奶",人们到现在仍在喝。也正是在这个意义上,德国的策兰传作者埃梅里希认为《死亡赋格》"是一首——也许可以说,是唯一的一首——世纪之诗"。②

这就涉及对策兰的不同读解。欧洲有些哲学家和评论家,往往从形而上的哲学和诗学层面来谈论策兰,但另有一些策兰的研究者如美国的费尔斯蒂纳、德国的埃梅里希,等等,则坚持"立足于哀悼,立足于眼泪之源"。埃梅里希甚至这样说:"在策兰个人的生平历史和诗作中充满着二十世纪的创伤历史,这段恐怖历史在对欧洲犹太人的集体屠杀中达到高峰。对这段历史视而不见的人,无力、也无权阅读他的文字。"③

我本人倾向于这一种读解(虽然前一种对我也很有启发),因为只有这样,我们才能进入策兰诗歌痛苦的内在起源。如果无视策兰一生中那些"决定性事件"而仅仅从形式或技艺的层面来"欣赏"策兰,那甚至很可能会是一种亵渎。就拿当时西德著名诗人霍尔特胡森对策兰的评论来说,他在《五位年轻诗人》(1954年4月号《水星》)一文中赞赏策兰诗中"绝对的音乐性",称策兰为"重复技巧的大师",称赞《死亡赋格》"制服"了一个令人惊骇的主题,从而"逃避历史的

---

① 凯尔斯泰的原话是:"现代的神话是从一场巨大的堕落开始的:上帝创造了人类,人类创造了奥斯维辛",见《另一个人:变形者札记》第101页。
② 沃夫冈·埃梅里希.策兰传[M].梁晶晶,译.台北:倾向出版社,2009:1.
③ 沃夫冈·埃梅里希.策兰传[M].梁晶晶,译.台北:倾向出版社,2009:3.

血的恐怖之室,上升到纯粹诗歌的天穹"。能这样高度评价策兰当然好,但正如费尔斯蒂纳所评论的:当霍尔特胡森这样说时,他忘了"是策兰诗中的那些犹太人升了天,从不是诗本身"。①

策兰对《死亡赋格》在西德的被接受当然也很敏感。他看到老师们在课堂上讲解这首诗时有意淡化该诗主旨,无视其控诉性和批判性的内涵,"好像是在讲解巴赫的赋格曲似的"。这就是他后来拒绝一些选家把它再收入各类诗选的一个原因(他的"拒绝的美学",不仅拒绝遗忘,拒绝粉饰,同样也拒绝别人来"消费"他的痛苦)。他不想这首诗被滥用。当有的评论者用轻佻的口吻谈论《死亡赋格》时,他就曾十分愤怒:"我的母亲也只有这一座坟墓"!②

但是,这只是问题的一个方面。就像历史上其他具有重大历史影响的作品一样,《死亡赋格》只能有一首。《死亡赋格》之后,策兰很少直接言说大屠杀,虽然他的一生都是犹太民族苦难的见证者和哀悼者,并深刻体现了时代"内在的绞痛"(在编选诗集《罂粟与记忆》时,他就曾特意把《数数杏仁》这首诗放在最后:"让我变苦。/把我数进杏仁")。但是我们又要看到,策兰的诗不仅是对"奥斯维辛"的反响。他忠实于他的时代而又超越了时代。他的创作和那种一般社会学、历史学层面上的"大屠杀文学"也有着深刻区别。他的诗尤其是他那些深邃、尖锐而又难解的晚期诗歌,至今仍是一个"炽热的谜"。让我们

---

① FELSTINER J. Paul Celan:Poet, Survivor, Jew[M]. New Haven:Yale University Press, 2001:79.
② 保罗·策兰,英格褒·巴赫曼.心的岁月:策兰、巴赫曼书信集[M].芮虎,王家新,译.北京:中国人民大学出版社,2013:298.

同样惊异并深受激励的,便是策兰自《死亡赋格》之后的全部创作。

正如人们已看到的,自《死亡赋格》之后,策兰的创作发生了深刻的、甚至令人惊愕的变化。他没有以对苦难的渲染来吸引人们的同情,而是以对语言内核的抵达,以对个人内在声音的深入挖掘,开始了更艰巨,也更不易被人理解的艺术历程。继《罂粟与记忆》(1952)、《从门槛到门槛》(1955)、《言语栅栏》(1959)之后,策兰又出版了《无人玫瑰》(Die Niemandsrose,1963)、《换气》(Atemwende,1967)、《线太阳群》(Fadensonnen,1968)等多部重要诗集,此外还有三部生前编定的诗集《光之逼迫》(Lichtzwang)、《雪部》(Schneepart)、《时间农庄》及一些遗诗在1970年逝世后陆续出版。

在这些"谜"一样的晚期诗歌里,策兰以其罕见的艺术勇气,把他的创作推向了一个令人惊异的境地。他忠实于自己的痛苦,而又"试图测度被给予的和可能的领域"(《对巴黎福林科尔书店问卷的回答》,1958)。意大利著名诗人安德烈·赞佐托就曾这样说:对任何人来说,阅读策兰都是一种"震慑的经历":"他把那些似乎不可能的事物描绘得如此真切,不仅是在奥斯维辛之后继续写诗,而且是在它的灰烬中写作,屈从于那绝对的湮灭以抵达到另一种诗歌。策兰以他的力量穿过这些葬身之地,其柔软和坚硬无人可以比拟。在他穿过这些不可能的障碍的途中,他所引起的眩目的发现对于二十世纪后半期以来的诗歌是决定性的。"[①]

[①] ZANZOTTO A. For Paul Celan, Paul Celan: Selections [M]. JORIS P, edit. Oakland: University of California Press, 2005: 209.

这说出了我们阅读策兰后期诗歌的某种共同感受。只是策兰为什么会成为这样一位诗人,仍有待于我们去深入认识。我曾在一篇文章中写过,策兰是一个具有高度羞耻感和历史意识的诗人,在死亡的大屠杀之后,在经历那样的至深创痛之后,再用那一套"诗意"的、"美"的、"音乐性"的语言,不仅过于廉价,也几乎是等于给屠夫的利斧系上缎带。这就是他后来要调整自己创作的首要背景。

这就需要在这里谈谈阿多诺。曾有不少人认为策兰的诗是对阿多诺那个著名论断"奥斯维辛之后写诗是野蛮的,也是不可能的"的"反驳"。其实,这样的看法十分表面。对于阿多诺这样一位思想家来说,"奥斯维辛"之恐怖,不仅在于大规模屠杀的野蛮,还在于它所表现出来的"理性"和文化的可怕变异。阿多诺正是从"文化与野蛮的辩证法"这个角度提出问题的,对此,他曾举出希特勒以死亡的狂热拥抱贝多芬的第九交响乐等例证。我想人们可能还不知道,荷尔德林的抒情诗当年也曾用来伴随过这种"野蛮"的行进声!布痕瓦尔德集中营的刽子手还常去拜谒邻近的歌德旧居,在歌德当年同爱克曼谈话的那棵树下朗诵歌德的抒情诗呢。

这说明了什么?这说明了"文化与野蛮的辩证法",的确已达至其"最后阶段"。写诗是优雅的、文明的,但也可能是"野蛮的",或者说,它会转变、催生出野蛮。阿多诺的意思其实并不是说奥斯维辛之后就不能写诗,但其前提应是彻底的"清算",不仅是对凶手,而且是对文化和艺术自身的重新审视和批判——这就是我的理解。

正因为如此彻底和冷峻,阿多诺甚至感到悼念的艺术也有可能"媚俗",也有可能是对受害者的伤害。在谈到"老迈的新音乐"时,他就曾引用了克尔凯郭尔的一个比喻:"在曾经裂开了一道可怕深渊的地方,如今伸出了一座铁路桥,旅客们从桥上可以舒适地向下俯看那深渊。"①

这样的言外之意不难体会。的确,难道"奥斯维辛"之后的艺术就是为了让人们"从桥上可以舒适地向下俯看那深渊"吗?

这也就是为什么《死亡赋格》问世后的巨大反响,反而引起了策兰对自身的怀疑和愧疚感,并意识到自身创作中潜在的危险。就在《罂粟与记忆》出版后不久,他就曾写下了这样的诗句:"无论你搬起哪块石头——/你都会让那些/需要它保护的暴露出来""无论你说出哪个词——/你都有欠于/毁灭"(《无论你搬起哪块石头》)。

我想,正是阿多诺所提出的问题及其彻底的文化批判立场,在很大程度上促使了策兰在《死亡赋格》之后重新审视自身的创作。他不仅要求一种"更冷峻的、更事实的、更'灰色'的语言""不美化也不促成'诗意'"的写作(《对巴黎福林科尔书店问卷的回答》,1958),他也由此渐渐摆脱了海德格尔那一套"哲学行话"的影响。他自己所承受的历史创伤和尖锐的现实伤害,使他也不可能再写马拉美那样的"纯诗"了。(策兰曾告诉一个朋友,他把瓦雷里的早期长诗《年轻的命运女神》翻译出来,就是为了获得"批判这种艺术的权利"。②)

的确,对后来的策兰来说,《死亡赋格》已宣告了某种终结。他要求有更多的"黑暗"、"悖论"、"断裂"和"沉默"进入他的诗中。他也

---

① 转引自:爱德华·萨义德.论晚期风格——反本质的音乐和文学[M].阎嘉,译.北京:生活·读书·新知三联书店,2009:15.
② JORIS P. Introduction [M]. //CELAN P. Paul Celan: Selections. Oakland: University of California Press, 2005:17.

必须深化他艺术的本质。他在那一阶段的写作,清晰地表明了这种变化的轨迹。在《以一把可变的钥匙》中,他不仅变换言说的方式,还重建了雪与词语、冰风与诗人这一相互抗衡的紧张关系。同样,《在下面》一诗也是诗风转变的重要标志:"把家带入遗忘/我们迟缓眼睛的/客人致辞";"而我谈论的多余:/堆积出小小的/水晶,在你沉默的服饰里"。

这样的诗不仅显现了罕见的思想和艺术深度,也给策兰的创作带来了一种新的开始。巴赫曼在 1960 年 2 月法兰克福的讲座中,就曾很敏感地谈到策兰近期创作的演变:"词句卸下了它的每一层伪饰和遮掩,不再有词要转向旁的词,不再有词使旁的词迷醉。在令人痛心的转变之后,在对词和世界的关系进行了最严苛的考证之后,新的定义产生了"。①

巴赫曼之所以说"令人痛心",是因为这是要付出惨重代价的,这甚至意味着某种决绝的自我否定。法国哲学家拉巴特在谈论策兰后期诗时也说:"诗歌想要使它自己摆脱的是美丽。诗歌的威胁正是美丽,所有的诗总是太美了,甚至策兰自己的诗也如此。"②

因此,这不是一般意义上的"诗风转变"。借用阿多诺论贝多芬的术语,策兰是一个高度自觉的、具有"批判性天才"的诗人。我曾探讨过策兰的"晚嘴"一词("Spätmund",见 1955 年的《收葡萄者》一

---

① 转引自:沃夫冈·埃梅里希.策兰传[M].梁晶晶,译.台北:倾向出版社,2009:108.
② LACOUE-LABARTHE P. Poetry as Experience [M]. TARNOWSKI A, translate. Stanford: Stanford University Press, 1999: 69.

诗),这显示了策兰作为一个诗人对自身创作很清醒的历史定位。他的后期创作,就是一种在荷尔德林、马拉美、里尔克之后的"晚嘴"的言说,更是一种在"奥斯维辛"之后幸存者的言说。

不仅如此,作为一个穿透了全部现代诗歌历史的诗人,他还需要有相应的"晚词"("Spätwort",见《闰世纪》一诗"阅读之站台:在晚词里"),以构成他语言存在的地质学。可以说,自《死亡赋格》之后,策兰对现代诗歌最具有冲击力和启示意义的,便是他对"晚词"的实践。

令人惊异的也正在这里,在策兰的创作后期,他坚决地从一切已被滥用的文学语言中转开(如费尔斯蒂纳所说"早年悲伤的'竖琴',让位于最低限度的词语"①),转而从陌生的"无机物"语言中去发掘。在他的后期诗作中,比比皆是地质学、矿物学、晶体学、天文学、解剖学、植物学、昆虫学的冷僻语言。对这位奥斯维辛的幸存者来说,似乎这些石头的语言,残骸的语言,灰烬的语言,就是唯一"可吟唱的剩余"("Singbar Rest",这是他一首后期诗的题目)。

当然,不仅在于对诗歌词汇的拓展和刷新,更在于对语言潜能的发掘。在策兰的创作中,他无所顾忌地利用德语的特性自造复合词和新词,比如"乌鸦之天鹅"这种"策兰式的合成物"("Celanian composite")。他后期的许多诗,通篇都是这种陌生、怪异的词语。即使在他与巴赫曼的通信中,他也生造了"眼-结巴"(Augen-Stottern)这

---

① FELSTINER J. Paul Celan:Poet, Survivor, Jew[M]. New Haven:Yale University Press, 2001:98.

样一个词。这已不单是在挖掘语言的表现力了,这显示了策兰对自身语言法则的建立。

我们还要看到,这种对语言的"发明",绝非猎奇或表面的词语游戏,它在根本上来自于诗人对自身生命"黑暗"的进入。策兰认为诗歌首先就是一种"dunkel"(黑暗),这源于它自身的物性和现象性。在演讲辞《子午线》草稿的一个注解中,他写道:"我思考一首诗作为一首诗的黑暗,思考一种构成的甚至是先天的黑暗。换句话说:一首诗天生黑暗;它是一个彻底的个性化的结果,它作为一种语言诞生,直到语言变成世界,承载世界。"①

而这种"晚嘴"的言说,"晚词"的实践(费尔斯蒂纳称之为"以地质学的材料向灵魂发出探询"),这种以黑暗中诞生的语言重新"承载世界"的写作,我想我们也可以从"晚期风格"这个角度来认识。

"晚期风格"是阿多诺在论贝多芬时提出的一个重要概念。在阿多诺看来,贝多芬的"晚期风格"是一种"特殊的成熟性"的体现,它在本质上有异于古典风格的圆满、成熟。它首先是"危机的产物",它始于对已获得的"完成"不满意。这样的"晚期风格""本质上是批判性"的,它意味着从危机中重新开始,重建与语言的紧张关系。

深受阿多诺影响的萨义德也曾专门论述过晚期风格,认为它是"一种放逐的形式":"我讨论的焦点是伟大的艺术家,以及他们人生

---

① CELAN P. The Meridian: Final Version-Drafts-Materials [M]. JORIS P, translate. Stanford: Stanford University Press, 2011: 84.

渐进尾声之际,他们的思想如何生出一种新的语法,这新语法,我名之曰晚期风格。"①它不是古典意义上的和谐、宁静,而是不妥协、紧张和"难以解决的矛盾",在人们期盼平静和成熟时,却碰到了固执的、也许是野蛮的挑战。

我想,策兰晚期的"成熟",也正是这种苦涩的、"扎嘴的"成熟,是阿多诺意义上的"灾难般"的成熟("在艺术史上,晚期作品是灾难"②)。

但策兰自我颠覆的勇气、一意孤行的决绝、"死里求生"的爆发力,仍超出了人们的想象。二十世纪下半叶的诗人中,有谁比他更有艺术勇气,或者说比他更彻底,也更"极端"的呢?几乎没有。他走上的,乃是一条如他自己所说的"远艺术"的路。在他那里,一切都被"死亡大师"所收割,或者说,与他相伴的只有死亡。然而,也正是在他与死亡、与"凶手的语言"的搏斗中,如博纳富瓦在论波德莱尔时所说:他让死亡成为了"灵魂的仆人"。

这里我还想说说策兰的"疯癫"问题。策兰后期由于精神重创,多次被强制送去接受治疗。但是策兰的"疯癫"和荷尔德林的疯癫不大一样。间歇性的"疯癫"时期,恰恰是他的创作富有爆发力的时期,另外更让人惊异的是,即使在"赤裸裸展现身心失禁"之时,他写下的很多诗依然是"精确无误"的。我不得不说,在这样"疯癫"的晚

---

① 艾德华·萨依德.论晚期风格——反常合道的音乐与文学[M].彭淮栋,译.台北:麦田,2010:49.
② 阿多诺.贝多芬:阿多诺的音乐哲学[M].彭淮栋,译.台北:联经出版公司,2009:229.

期,策兰的很多诗已和德里达所说的那个"语言的幽灵"结合为了一体。

那么,也就有了一个问题(这也是一些策兰读者所关心的问题):对于策兰这样一位诗人,到底还有没有"希望"?

当然有,只是很难言说。即使在策兰间接描写大屠杀的诗中,也包含了治愈、复活和安慰的光泽,比如以科隆的犹太人在历史上被屠杀的事件为背景的《在收集的》一诗("现在/你绽开——/气孔眼睛,/蜕去疼痛的鳞,在/马背上"),再比如他的长诗《港口》,以乌克兰黑海城市敖德萨为背景,1941 年 10 月,大批犹太人在那里被屠杀。但写到最后,竟出现了这样的诗句:

——那时汲井的铰链,和你一起
哗哗在唱,不再是
内陆的合唱队——
那些灯标船也舞蹈而来了,
从远方,从敖德萨。

这真是一首动人的招魂歌。不仅具有追忆、哀悼、复活的多重色调。这是苦难中的庆典,穿透了生与死。说实话,当年我翻译到这里时,几近泪涌。

对大屠杀受难者的哀悼和招魂,那是策兰被苦难历史所赋予的良知和责任。至于对自身的个人存在,纵然其痛苦和伤害已到了无力承受的程度,但在诗集《换气》中,策兰仍把"你可以充满信心地/用雪来款待我"这样的诗放在了卷首。在同部诗集中的《盔甲的石脊》一诗中,还出现了更明亮的一刻:

在隙缝之玫瑰
两侧的极地,可辨认:
你的被废除的词。
北方真实。南方明亮。

"北方真实。南方明亮。"这也是策兰的一道"子午线"。内莉·萨克斯在 1959 年给策兰的信中曾安慰说"在巴黎与斯德哥尔摩之间运行着一道痛苦的也是安慰的子午线"。① 一年后,"子午线"成为策兰毕希纳文学奖获奖演说的标题。

对策兰的"子午线"已有多种解读。它贯穿于策兰生命的历史时空,也贯穿于他的诗歌想象力的文学时空。而在这首诗里,他既忠实于他的真实的北方,又朝向了明亮的南方。或者说,他在"屈从于(奥斯维辛)那绝对的湮灭"的同时,仍对"未来"抱着某种期望。在《换气》这本诗集中,就有着"在这未来北方的河流里/我撒下一张网"这样的诗句。

对策兰的"未来的北方",德国哲学家伽达默尔等人都有过解读。

---

① CELAN P, SACHS N. Correspondence[M]. CLARK C, translate. New York: The Sheep Meadow Press, 1995: 14.

但不管怎么说,"未来的北方"是有方位的。策兰后期的写作,纵然不断受到精神重创的困扰,但都不是偶发的、盲目的写作,用一个说法,它们属于"有方向性的写作"。

这个"方位"或"方向",从诗学层面上,在我看来就是朝向一个"语言的异乡"。当然,这不仅是诗学突围意义上的,也和策兰自己的生命救赎深刻相关。今天看来,这也是策兰的后期创作为我们这个时代的写作留下的最重要的启示。

而这种朝向一个"语言的异乡"的努力,要以策兰1962年的《带着来自塔露萨的书》为标志。策兰创作这首长诗,来自在巴黎读到茨维塔耶娃的激发,也来自在这之前他与曼德尔施塔姆的"相遇"。

几乎就在写诗之初,翻译就伴随着策兰的诗歌生涯,这是他生命的"对位法",也是他写作本身的一部分。从数量上来看,策兰主要是把法语诗翻译成德文,但也从英文、俄文、罗马尼亚文、意大利文、希伯来语(与人合作)中翻译。他的作品集中有两卷为译作,收有多达42位诗人的作品。策兰不仅作为一个职业性译者,更作为一个天才的、有独特翻译个性的译者愈来愈受到人们注重。相应地,对策兰翻译的研究也成为策兰研究的重要一部分。

策兰很认同曼德尔施塔姆关于诗歌是一种"瓶中信"的说法。20世纪50年代末期,新反犹浪潮死灰复燃,策兰又身受"戈尔事件"的严重伤害,他不得不考虑调整他与德语诗歌的关系。也正是在那时,他读到那时在西方还鲜为人知的曼德尔施塔姆的作品。我们可以想见策兰巨大的欣悦和感激之情。的确,这是文学史上最耐人寻味的"相遇"之一。用曼德尔施塔姆自己的话来说:"海洋以其巨大的力量帮助了这瓶子,——帮助它完成其使命,一种天意的感觉控制了捡瓶人。"①

的确,这不是一般的翻译,这是最私密的置换,是对另一个自己的辨认和发现,是构建那种马丁·布伯意义上的"我与你"。策兰自己对人说翻译曼德尔施塔姆,他很高兴和充满感激地"找到我自己回到语言的路"。② 这不是一般的路。正如费尔斯蒂纳在策兰传中所指出的,它转向了一个"朝向东方的、家乡的、反日耳曼的家园"。③

正是通过翻译曼德尔施塔姆、阅读茨维塔耶娃和对自身希伯来精神基因的发掘,策兰摆脱了海德格尔为德语诗歌制订的以荷尔德林为中心的"主教路线"(这是诗人、剧作家布莱希特的一个讽刺性说法)。对此,著名作家库切看得很清楚:"如果说有一个主题占据着费尔斯蒂纳的策兰传的主导地位,那就是策兰从一个命中注定是犹太人的德国诗人,变成了一个命中注定要用德语写作的犹太诗人;他已从与里尔克和海德格尔的亲缘关系中成熟长大,在卡夫卡和曼德尔施塔姆中找到他真正的精神先人。"④

至于策兰与他的希伯来精神渊源的关系,用他在《带着来自塔露萨的书》中的诗句来说,那是他的"摇篮和墓地"。他之所以读到茨维

---

① 曼德里施塔姆.时代的喧嚣——曼德里施塔姆文集[M].刘文飞,译.昆明:云南人民出版社,1998:157.
② FELSTINER J. Paul Celan:Poet, Survivor, Jew [M]. New Haven:Yale University Press, 2001:134.
③ FELSTINER J. Paul Celan:Poet, Survivor, Jew [M]. New Haven:Yale University Press, 2001:127.
④ COETZEE J M. In the Midst of Losses[J]. The New York Review of Books, July 5, 2001.

塔耶娃时那么激动,也在于他从一位天才的俄罗斯女诗人那里读到"在这基督教教化之地/诗人——都是犹太人"。我想,这不仅引起他的高度认同,还照亮了他自己多少年来的生活!

茨维塔耶娃的这句诗并不难理解,问题什么是犹太人或犹太性?德里达在谈策兰引用的茨维塔耶娃这句诗时这样认为:犹太性也是一个暗码,不是限定而是意味着一种责任,"'我们是犹太人',在这种情形下,意味着'我们把它带上,我们把它带在我们身上','我们去成为它'。"①

的确,这也就是我们看到的后期的策兰:"'我们把它带上,我们把它带在我们身上','我们去成为它'"!不是某种固定的身份,而是生命的对话和重铸。他的《带着来自塔露萨的书》正是一首"来自他者"并"朝向他者"的伟大诗篇。

正因为这种卓绝的语言、诗学和生命的努力,策兰后期的创作摆脱了西方人文美学的"同一性"和西方理性的"主宰语法",朝向了"未来北方的河流",朝向了一个语言的异乡。兰波的目标是"到达陌生处"。现在看来,真正在语言上"到达陌生处"的,首先要数策兰后期那些令人惊异的、"陌生"而又"异端"的诗歌。

这也就是有那么多当代诗人(包括中国诗人)会为策兰的诗所吸引的重要原因。在著名英美批评家乔治·斯坦纳看来,斯蒂文斯的诗纵然高超玄妙,但那仍是从"阿波罗的(理性)竖琴"上发出的声音,但在策兰那里,他们遇到了一种真正的"外语",一种真正属于异质性的

---

① DERRIDA J. Sovereignties in Question:The Poetics of Paul Celan[M]. New York:Fordham University Press, 2005:49–50.

东西。

德里达也称策兰创造了一种"移居的语言"(migrant language)："他使用德语,既尊重其习惯表达方式,同时又在移置的意义上来触及它,他把它作为某种伤疤、标记,某种创伤。他修改了德国语言,他篡改了语言,为了他的诗。……他也是一个伟大的译者……他不仅从英语、俄语和更多的语言中翻译,也从他卷入其中的德国语言自身中翻译……"①

这还使我想到了德勒兹和伽塔利所说的"解辖域化"。在他们看来,卡夫卡将德语带入了意第绪语的空间,就是一种"解辖域化"。比起卡夫卡,策兰的创作更是如此。他所运用的,是一种"非身份化的德语",一种"德语之外的德语"。他的语言,正如他在《带着来自塔露萨的书》一诗中所说,是一种"偏词",也是一种游牧的、"斯堪特人式"的"混合诗韵"。

策兰的主要英译者之一乔瑞斯在《换气》的译序中也这样说："策兰的语言,透过德语的表面,其实是一种外语,这对德国本土的读者来说也如此。……策兰的德语是一种怪异的、几乎是幽灵般的德语。它是母语,但同时也是牢牢抛锚于死者的王国,需要诗人重新复活、发明以把它带向生活的语言。""他创造了他自己的语言——一种处于绝对流亡的语言,正如他自身的命运"。②

---

① DERRIDA J. Sovereignties in Question: The Poetics of Paul Celan [M]. New York: Fordham University Press, 2005: 106–107.
② JORIS P. Introduction [M].//CELAN P. Breathturn. Las Vegas: Sun and Moon Press, 1995: 42–43.

策兰的后期诗,告诉了我们什么叫"创伤之展翅",同时也昭示着一条穿越语言和文化边界的艰途(那"船夫的嚓嚓回声……",《带着来自塔露萨的书》)。在德里达看来,策兰的诗就是"我们这个充满移居、流亡、放逐的移居时代痛苦的范例"。正因为如此,策兰的诗在我们这个充满文化分裂和冲突的时代具有了重要的意义。最起码,它提示了一种特殊的、为我们这个时代所要求的语言和文化的穿透力和创造力。

1969年9月底至10月中,策兰第一次访问了以色列。对策兰来说,耶路撒冷之行是朝圣之旅,他与早年故乡的女友伊拉娜·施穆黎的意外重逢,也再次激发了他的创作激情,使他在命运把他夺走之前,用他的"孩子气的希伯来语"发出了"Hachnissini"("收留我")的声音(见《结成杏仁的你》一诗)。

然而,回到巴黎后,他的精神病症再次加重,被迫进行治疗。1970年4月20日夜,策兰因无法克服的精神创伤从巴黎米拉波桥上投塞纳河自尽。

这当然令人震惊,但又必然,他不过是一再推迟它的到来。在1960年5月写给汉斯·本德尔的信的最后,策兰就曾这样说:"我们生活在黑暗的天空下,并且——那里只有少许人类的存在了。所以,我想,诗也不会多。留给我的希望很小。我试着把握住那留给我的。"[1]

---

[1] CELAN P. Collected Prose[M]. WALDROP R, translate. Manchester: Carcanet Press, 2003: 26.

所以我们只能说，诗人已坚持到了他生命的最后。

就在这令人震动的消息传来后，巴赫曼随即在她的小说《玛丽娜》手稿中添加道："我的生命已经到了尽头，因为他已经在强迫运送的途中淹死。"这里的"强迫运送"，指的就是对犹太人的"最后解决"。

但策兰的生与死、策兰的全部悲剧性命运还有待于我们更充分地认识。读了他的诗，了解了他那作为"诗人、幸存者、犹太人"的一生，我们就知道：他可以那样"展翅"了。他的全部创作已达到了语言所能承受的极限，或者说，他的创伤已变得羽翼丰满了。他结束了自己，但也在更忠实的程度上完成了自己。

而明年，就是诗人逝世五十周年纪念。策兰的创伤仍内在于我们的身体。在那首《以歌的桅杆驶向大地》的诗里（对策兰这首诗，伽达默尔曾这样解读："它从一开始就转变成另外一种事故。它是天国里的船只失事"，而这意味着"所有希望的粉碎"①），诗人要"进入这支木头歌里"，并用牙齿"紧紧咬住"。诗人最后对自己说的是："你是那系紧歌声的／三角旗。"这是怎样的一位诗人！他要系紧的"歌声"，我们在今天还要尽全部的生命去系。

2019 年 8 月 3 日

---

① GADAMER H G. Gadamer on Celan：″Who Am I and Who Are You?″ and Other Essays［M］. HEINEMANN R，KRAJEWSKI B，translate. New York：State University of New York Press，1997：99.

策兰诗歌导读
（二十首）①

① "导读"部分策兰二十首诗的中译均系王家新依据英译并参照德文原诗译出,其中《在埃及》《数数杏仁》《科隆,王宫街》《带着来自塔露萨的书》《托特瑙山》等诗,经过了芮虎先生依据德文原诗校订。《在埃及》《在你的晚脸前》《托特瑙山》等诗的译文修订也采取了本书德文审校者的意见,在此致谢。

一

在埃及

In Ägypten

Du sollst zum Aug der Fremden sagen: Sei das Wasser.

Du sollst, die du im Wasser weißt, im Aug der Fremden suchen.

Du sollst sie rufen aus dem Wasser: Ruth! Noëmi! Mirjam!

Du sollst sie schmücken, wenn du bei der Fremden liegst.

Du sollst sie schmücken mit dem Wolkenhaar der Fremden.

Du sollst zu Ruth und Mirjam und Noëmi sagen:

Seht, ich schlaf bei ihr!

Du sollst die Fremde neben dir am schönsten schmücken.

Du sollst sie schmücken mit dem Schmerz um Ruth, um Mirjam und Noëmi.

Du sollst zur Fremden sagen:

Sieh, ich schlief bei diesen!

In Egypt

Thou shalt say to the eye of the woman stranger: Be the water.
Thou shalt seek in the stranger's eye those thou knowest are in the water.
Thou shalt summon them from the water: Ruth! Naomi! Miriam!
Thou shalt adorn them when thou liest with the stranger.
Thou shalt adorn them with the stranger's cloud-hair.
Thou shalt say to Ruth and Miriam and Naomi:
Behold, I sleep with her!
Thou shalt most beautifully adorn the woman stranger near thee.
Thou shalt adorn her with sorrow for Ruth, for Miriam and Naomi.
Thou shah say to the stranger:
Behold, I slept with them!

(Translated by John Felstiner)

在埃及[1]

你应对异乡女人的眼睛说:成为水。

你应知道水里的那些,在异乡人眼里寻找。

你应从水里把她们召唤出来:露特!诺埃米!米瑞安![2]

你应装扮她们,当你和异乡人躺在一起。

你应以异乡人的云发装扮她们。

你应对露特、米瑞安和诺埃米说话:

看哪,我和她睡觉!

你应以最美的东西装扮偎傍着你的异乡女人。

你应以对露特、米瑞安和诺埃米的悲哀来装扮她。

你应对异乡人说:

看哪,我和她们睡过觉!

注释

[1] 选自诗集《罂粟与记忆》,为写给英格褒·巴赫曼的一首诗,在赠给巴赫曼的诗稿上曾题有"维也纳,1948 年 5 月 23 日"的字样。诗题"在埃及",喻示着犹太人的流亡:据《旧约》记载,犹太人曾在埃及为奴,后来在摩西的带领下出了埃及。

[2] 诗中三位女子的名字,都是犹太女子常起的名字,其中露特为策兰早年家乡的女友,米瑞安为摩西妹妹的名字。

导读

　　这是策兰流亡在维也纳期间认识了当时正在读哲学博士的奥地利年轻女诗人英格褒·巴赫曼后写下的一首诗。正如《死亡赋格》的背后是几百万亡灵的合唱队，这首诗和一般的情诗也很不一样。这里面有着某种强烈、独特而又异常辛辣的东西。

　　我们已知道策兰的生平经历。1947年底，策兰冒险从布加勒斯特经匈牙利边境偷渡到了维也纳——一个他很早就视为精神之家、可以讲德语但却不属于德国人的地方。在维也纳期间，他认识了著名画家热内和其他一些诗人、艺术家，并开始发表作品，但对他来说更重要的是，他认识了敏感而富有才华的巴赫曼，并从她的眼中感到了"水"。

　　但是，作为一个难民，策兰无法在维也纳定居。更致命的是，无论在什么地方，也无论遇到什么人，作为一个幸存者和犹太人，他都感到他永远也难以走出他的"埃及"。那一时期他在写给定居在以色列的姑姑的信中就这样说："也许我是最后一个必须活到欧洲犹太人精神命运的尽头的人。"①

　　这首诗真是异常悲哀。异乡的爱情给诗人带来了安慰，使他感到了"水"，但也更深地触动了他的精神创伤。"你应从水里把她们召唤

---

① 转引自：FELSTINER J. Paul Celan：Poet, Survivor, Jew[M]. New Haven：Yale University Press, 2001：57.

出来",这一句不仅富有诗意,而且震动人心。诗中的三位女子,都是犹太女子常起的名字,其中露特为策兰早年在家乡切诺维茨的女友,曾尽力帮助过他躲避纳粹的迫害。因此,这"水"是生命之水、爱欲之水,但也是忘川之水。诗人试图在过去与现在之间保持平衡,在与"异乡人"恋爱的同时保持对死者和记忆的忠诚。正因为这无法克服的矛盾,"露丝、米瑞安和诺埃米"成了诗的呼唤对象和重心所在,她们也永远活在诗人的生命中了。

而这是用一般的"不忘旧情"解释不了的。它不仅透出了一种丧失家园的流亡意识,还透出了作为一个幸存者的深深愧疚和负罪感,透出了那古老的种族戒律对他的制约。它显现了策兰精神内核中的"犹太性"(Judentum/Jewishness)。

正因为这无法摆脱的重负,诗中连续发出了两个"看哪",一个比一个更震动人心。可以说,这也是策兰因现实所迫而发出的"尖音符"(在毕希纳奖受奖演说中,策兰曾这样宣称:在"历史的沉音符"与"文学的长音符——延长号——属于永恒"之间,"我标上——我别无选择——我标上尖音符"①)。而且"看哪"还意味着一种注视:这是生者的注视,也是死者不死的注视。

这还让我们想到了诗人后期的一句名诗"我从两个杯子喝酒"。这"两个杯子",有时是德国与犹太民族文化,有时是别的"对位",而在这首诗中,它们的对象更为明确:过去与现在、不同民族的不同异

---

① 保罗·策兰.保罗·策兰诗文选[M].王家新,芮虎,译.石家庄:河北教育出版社,2002:183.

性。诗中不断递进和转换的九个"你应……"(它正好对应了犹太民族的"九戒"①),就透出了诗人"从两个杯子喝酒"的那种双倍的辛辣!

  对该诗的读解,还应放在《罂粟与记忆》整部诗集中看。为什么是"罂粟"?因为从罂粟这种"有毒的花"中可以提炼鸦片,而鸦片是一种忘却、麻醉、镇痛的物质。犹太人也想忘却历史,因为他们要活下来,不被奥斯维辛的可怕幽灵纠缠。所以罂粟会成为策兰诗中重要的意象(实际上,在维也纳期间策兰送给巴赫曼的花也是这种鲜红艳丽的"别样的花"),它与沉重的、无法摆脱的记忆构成了一种"对位"关系。

  显然,这种"对位"也存在于《在埃及》这首诗中。好在巴赫曼深深理解这一切。巴赫曼比策兰小五六岁,因为父亲曾参加过纳粹军队,她长期以来对犹太人一直怀有一种负罪感。她也一直试图帮助策兰摆脱历史的艰难负担。但她能做到吗?她能做的,也许就是"紧靠"("我紧靠着你",巴赫曼给策兰的多封信中曾这样落款)和流泪,在收到策兰赠送的这首诗后,巴赫曼曾以"米瑞安"为题写了首诗,其中有"触摸每一石像,并行奇迹/让石头也泪水长流"的诗句。

---

① 汉斯·赫勒尔,安德里亚·斯托尔.诗学后记[M].//保罗·策兰,英格褒·巴赫曼.心的岁月:策兰、巴赫曼书信集.北京:中国人民大学出版社,2013.

二

死亡赋格

Todesfuge

Schwarze Milch der Frühe wir trinken sie abends

wir trinken sie mittags und morgens wir trinken sie nachts

wir trinken und trinken

wir schaufeln ein Grab in den Lüften da liegt man nicht eng

Ein Mann wohnt im Haus der spielt mit den Schlangen der schreibt

der schreibt wenn es dunkelt nach Deutschland dein goldenes Haar

    Margarete

er schreibt es und tritt vor das Haus und es blitzen die Sterne er pfeift

    seine Rüden herbei

er pfeift seine Juden hervor läßt schaufeln ein Grab in der Erde

er befiehlt uns spielt auf nun zum Tanz

Schwarze Milch der Frühe wir trinken dich nachts

wir trinken dich morgens und mittags wir trinken dich abends

wir trinken und trinken

Ein Mann wohnt im Haus der spielt mit den Schlangen der schreibt

der schreibt wenn es dunkelt nach Deutschland dein goldenes

    Haar Margarete

Dein aschenes Haar Sulamith wir schaufeln ein Grab in den Lüften

    da liegt man nicht eng

Er ruft stecht tiefer ins Erdreich ihr einen ihr andern singet und spielt
er greift nach dem Eisen im Gurt er schwingts seine Augen sind blau
stecht tiefer die Spaten ihr einen ihr andern spielt weiter zum Tanz auf

Schwarze Milch der Frühe wir trinken dich nachts
wir trinken dich mittags und morgens wir trinken dich abends
wir trinken und trinken
ein Mann wohnt im Haus dein goldenes Haar Margarete
dein aschenes Haar Sulamith er spielt mit den Schlangen

Er ruft spielt süßer den Tod der Tod ist ein Meister aus Deutschland
er ruft streicht dunkler die Geigen dann steigt ihr als Rauch in die Luft
dann habt ihr ein Grab in den Wolken da liegt man nicht eng

Schwarze Milch der Frühe wir trinken dich nachts
wir trinken dich mittags der Tod ist ein Meister aus Deutschland
wir trinken dich abends und morgens wir trinken und trinken
der Tod ist ein Meister aus Deutschland sein Auge ist blau
er trifft dich mit bleierner Kugel er trifft dich genau
ein Mann wohnt im Haus dein goldenes Haar Margarete
er hetzt seine Rüden auf uns er schenkt uns ein Grab in der Luft
er spielt mit den Schlangen und träumet der Tod ist ein Meister
   aus Deutschland

dein goldenes Haar Margarete
dein aschenes Haar Sulamith

Deathfugue

Black milk of daybreak we drink it at evening

we drink it at midday and morning we drink it at night

we drink and we drink

we shovel a grave in the air there you won't lie too cramped

A man lives in the house he plays with his vipers he writes

he writes when it grows dark to Deutschland your golden hair
    Margareta

he writes it and steps out of doors and the stars are all sparkling, he
    whistles his hounds to come close

he whistles his Jews into rows has them shovel a grave in the ground

he commands us to play up for the dance.

Black milk of daybreak we drink you at night

we drink you at morning and midday we drink you at evening

we drink and we drink

A man lives in the house he plays with his vipers he writes

he writes when it grows dark to Deutschland your golden hair
    Margareta

Your ashen hair Shulamith we shovel a grave in the air there you
    won't lie too cramped

He shouts jab the earth deeper you lot there you others sing up
    and play
he grabs for the rod in his belt he swings it his eyes are so blue
jab your spades deeper you lot there you others play on for the
    dancing

Black milk of daybreak we drink you at night
we drink you at midday and morning we drink you at evening
we drink and we drink
a man lives in the house your goldenes Haar Margareta[1]
your aschenes Haar Shulamith he plays his vipers

He shouts play death more sweetly this Death is a master
    from Deutschland
he shouts scrape your strings darker you'll rise then as smoke to
    the sky
you'll have a grave then in the clouds there you won't lie too
    cramped

Black milk of daybreak we drink you at night
we drink you at midday Death is a master aus Deutschland
we drink you at evening and morning we drink and we drink
this Death is ein Meister aus Deutschland his eye it is blue

he shoots you with shot made of lead shoots you level and true

a man lives in the house your goldenes Haar Margarete

he looses his hounds on us grants us a grave in the air

he plays with his vipers and daydreams der Tod ist ein Meister aus Deutschland

dein goldenes Haar Margarete

dein aschenes Haar Shulamith

(Translated by John Felstiner)

死亡赋格[2]

清晨的黑色牛奶我们傍晚喝

我们正午喝早上喝我们在夜里喝

我们喝呀我们喝

我们在空中掘一个坟墓躺在那里不拥挤

住在那屋里的男人[3]他玩着蛇他写

他写当黄昏降临到德国你的金色头发玛格丽特[4]

他写着步出门外而群星照耀着他

他打着呼哨唤出他的狼狗

他打着呼哨唤出他的犹太人让他们在地上掘个坟墓

他命令我们给舞蹈伴奏

清晨的黑色牛奶我们夜里喝

我们早上喝正午喝我们在傍晚喝

我们喝呀我们喝

住在那屋里的男人他玩着蛇他写

他写当黄昏降临到德国你的金色头发呀玛格丽特

你的灰色头发苏拉米斯[5]我们在风中掘个坟墓躺在那里不拥挤

他叫道朝地里更深地挖呀你们这些人你们另一些唱呀拉呀

他抓起腰带上的枪他挥舞着它他的眼睛是蓝色的

更深地挖呀你们这些人用铁锹你们另一些继续给我演奏

清晨的黑色牛奶我们夜里喝

我们正午喝早上喝我们在傍晚喝

我们喝呀我们喝你

住在那屋里的男人你的金色头发玛格丽特

你的灰色头发苏拉米斯他玩着蛇

他叫道把死亡演奏得更甜蜜些死亡是从德国来的大师

他叫道更低沉一些拉你们的琴然后你们就会化为烟雾升向空中

然后在云彩里你们就有座坟墓躺在那里不拥挤

清晨的黑色牛奶我们在夜里喝

我们在正午喝死亡是一位从德国来的大师

我们在傍晚喝我们在早上喝我们喝你

死亡是一位从德国来的大师他的眼睛是蓝色的

他用铅弹射你他射得很准

住在那屋里的男人你的金色头发玛格丽特

他派出他的狼狗扑向我们他赠给我们一座空中的坟墓

他玩着蛇做着美梦死亡是一位从德国来的大师

你的金色头发玛格丽特

你的灰色头发苏拉米斯

注释

[1] 费尔斯蒂纳英译本中的"你的金色头发玛格丽特""你的灰色头发苏拉米斯"以及"死亡是从德国来的大师"这几句"主题句",它们在译本中第一次以英语形式出现后,以后均以德语原诗再现,并一直延伸到最后,最终"定格"在那里。这在翻译史上可以说是一个创举。著名作家库切很称赞这样的译法:"费尔斯蒂纳也有自己辉煌的时刻,最突出的是在他所译的《死亡赋格》里,在这首诗里英语最终被德语盖过。"①

[2] 选自诗集《罂粟与记忆》。

[3] "住在那屋里的男人",指集中营里的纳粹看管。

[4] 玛格丽特(Margarete),歌德《浮士德》中悲剧女主人公的名字。

[5] 苏拉米斯(Sulamith),在《圣经》和希伯来歌曲中多次出现,犹太女子的象征。

---

① COETZEE J M. In the Midst of Losses[J]. The New York Review of Books, July 5, 2001.

导读

《死亡赋格》为策兰的成名作。据研究材料,该诗写于1945年前后,1947年译成罗马尼亚文在布加勒斯特初次发表时为《死亡探戈》,后被策兰改为《死亡赋格》。而这一改动意义重大。它不仅把集中营里的屠杀与赋格音乐联系起来,而且把它与德国文化及其象征巴赫联系了起来,因而对读者首先就产生了一种惊骇作用。

"Todesfuge"("死亡赋格")为策兰自造的复合词,即把"Tod"(死亡)和"Fuge"(赋格)拼在一起,让这两个词相互对抗,又相互属于,从而再也不可分割。它成为打在德国历史和文化上的一道语言烙印。

与此相关,整首诗在语言形式和节奏上也很特别,即不"断句",这给阅读和翻译都带来了难度。有几种中译本在诗行中加上了标点符号或人为地把它隔开,但这并不合适。为了不破坏原诗中那种音乐般的冲击力,并尽力传达原诗的语感和节奏感,我没有照顾人们的阅读习惯,而是用了这种不断句的译法。

全诗艺术地再现了集中营里犹太人的悲惨命运,对纳粹的邪恶本质进行了控诉。"他命令我们给舞蹈伴奏",在耶路撒冷档案馆,就存有当年纳粹军官命令集中营里的犹太人围成一圈演奏"死亡探戈"的历史文献照片。

诗的第一句就震动人心:"清晨的黑色牛奶我们傍晚喝"。这一句在后来反复出现,有规则变化,成为诗中的叠句。令人惊异的是"黑色牛奶"这个隐喻。说别的事物是黑色的,人们不会太吃惊(策兰早期在闻知父亲死讯后就写有《黑色雪片》一诗),但说奶是黑色的,这就成大问题了。这不仅因为奶是洁白的,它更是生命之源的象征。但在死亡的集中营里,它却变成了黑色的毒汁!它所引起的,不仅是对纳粹的控诉,还具有了更深广的生存本体论的隐喻意味。从策兰的一生来看,他都生活在"黑色牛奶"的诅咒之下。

"牛奶"是怎样变成"黑色"的,所谓高度发达的德国文化怎样成为"野蛮"的同谋,这一切都让人不能不去追问。同样关注大屠杀问题和策兰诗歌的法国犹太哲学家莱维纳斯认为"语言的本质是一种质询"①,在整个《死亡赋格》中,就包含了这种悲愤的质询。

回到"清晨的黑色牛奶……"这一句,它不仅是一个悖论,它在后来反复出现时奇特的时间顺序也应留意:"清晨的黑色牛奶我们傍晚喝/我们正午喝早上喝我们在夜里喝"。这里不仅有时间的颠倒,按照费尔斯蒂纳在策兰评传中的提示②,这里面还有着《旧约·创世纪》的反响:"上帝称光为昼,称暗为夜。那里还有傍晚,还有早上:第一日"。而策兰对之的模仿可谓意味深长。这种模仿使"奥斯维辛"与一个神示的世界相对照,从而产生了更强烈的震撼力。这"清晨的黑色牛奶""我们"在傍晚喝,在正午喝,在夜里喝,"我们喝呀我们喝"!这就是神的惩罚吗?

至于"死亡是从德国来的大师",自《死亡赋格》问世后,已成为广

---

① 转引自:孙向晨.面对他者:莱维纳斯哲学思想研究[M].上海:上海三联书店,2008:146.
② FELSTINER J. Paul Celan: Poet, Survivor, Jew [M]. New Haven: Yale University Press, 2001: 34-35.

泛引用的名句。"大师"(Meister)既指精湛的能工巧匠,也指杰出艺术家、艺术巨匠。而"从德国来的大师"不仅擅长艺术,也擅长虐待人和杀人("他用铅弹射你他射得很准"),重要的是,他拥有绝对权力,"他打着呼哨唤出他的狼狗……""他命令我们给舞蹈伴奏"!的确,阿多诺所说的"文化与野蛮的辩证法",在此已发展到它的"最后阶段"!

我们再来看诗中对赋格艺术手段的精心运用。赋格音乐一般由数个音组成的小动机胚胎构成主题,在此过程中它运用对位技法,使各部分并列呈示,相应发展,直到内容充足为止。巴赫的赋格音乐具有卓越非凡的结构技巧,它构成了欧洲古典音乐的一个高峰。而策兰的《死亡赋格》第一、二、四、六段都以"清晨的黑色牛奶……"开头,不断重新展开母题,并进行变奏,形成了富有冲击力的节奏;此外,诗中还运用了"地上"与"空中"、"金色头发"与"灰色头发"的多种对位,到后来"死亡是一位从德国来的大师"也一再地插入了进来,一并形成了一个艺术整体,层层递进而又充满极大的张力和冲击力。读《死亡赋格》,真感到像叶芝的诗所说"一种可怕的美已经诞生"!

说《死亡赋格》有一种"可怕的美",一是指集中营里那超乎一切语言表达的痛苦和恐怖居然被转化成了音乐和诗,一是指它在文明批判上的"杀伤力":它以这种"以毒攻毒"的方式对已被纳粹毒化了的德国文化进行了有力的批判和质询。

至于"他"命令我们"把死亡演奏得更甜蜜些"等,这不仅是当年在集中营里发生的实情,也暗含了一种"对位",《旧约》中就记载有当犹太人被掳到巴比伦的时候,他们被迫唱起《锡安之歌》给征服者作乐。因此,对熟悉《旧约》的读者,他们在读《死亡赋格》时,"巴比伦之辱"就会起到一种"同声作用"。

赋格音乐最主要的技法是对位法,《死亡赋格》中最重要的对位即是"你的金色头发玛格丽特"与"你的灰色头发苏拉米斯"。玛格丽特,是在德国家喻户晓的歌德《浮士德》中女主人公的名字。苏拉米斯,在《圣经》和希伯来歌曲中多次出现,在歌中原有着一头黑色秀发,"归来吧归来,苏拉米斯,让我们看到你",她成为犹太民族的某种象征。费尔斯蒂纳还提醒人们,在原诗中,策兰不是用"grau"(灰色)来形容苏拉米斯的头发,而用的是"aschen"(由 Asche 而来的形容词,指"灰""灰烬")。这一下子使人们想到集中营里那冒着滚滚浓烟的焚尸炉,也使人想到格林童话中那位被继母驱使,终日与煤灰为伴的"灰姑娘"!

"aschen"这个词的运用,本身就含着极大的悲痛。诗的重点也在于玛格丽特与苏拉米斯的"头发"。策兰要强调要呈现的,正是"你的金色头发"以及它与"你的灰色头发"的对位。诗人着意要把两种头发作为两个种族的象征。与此相对应,诗中的"他"和"我们"也都是在对这种头发进行诉说,"他写当黄昏……",这里的主体是集中营里的纳粹看管,"他"拥有一双可怕的蓝色眼睛和一个种族迫害狂的全部邪恶本性,但这并不妨碍他像一个诗人那样"抒情",他抒的是什么情呢——"你的金色头发呀玛格丽特",这里不仅有令人肉麻的罗曼谛克,在对"金色头发"的咏叹里,还有着一种纳粹式的种族自我膜拜。他们所干的一切,就是要建立这个神话!

正因为如此,两种头发在诗中的对位有了不同寻常的意义,"你的灰色头发苏拉米斯我们在风中掘个坟墓躺在那里不拥挤",这里的主体变成了"我们",被迫喝着致命的黑色牛奶,被迫自己为自己掘墓,承受着暴虐和戏耍而为自身命运心酸、悲痛的"我们"。从这里开始的"对位"一下子拓展了诗的空间,呈现了诗的主题,使两种头发即两种命运相互映衬,读来令人心碎。策兰就这样通过对位手法,不仅艺术地再现了犹太人的悲惨命运,也不仅对纳粹的邪恶本质进行了控诉和暴露,而且将上帝也无法回答的种族问题提了出来,因而具有了更深刻悲怆的震撼力。诗的最后,又回到了赋格艺术的对位性呈示:

你的金色头发玛格丽特

你的灰色头发苏拉米斯

在诗中交替贯穿出现的,到最后并行呈现了。这种并列句法,这种金色头发与灰色头发的映照,使人似乎感到了某种"共存"甚或"重归言好"的可能,但也将这两者的界线和对峙更尖锐地呈现了出来。这种并置,正如费尔斯蒂纳用一种悖论的方式所表述,是"一个不调和的和弦"①。它的艺术表现达到了它的极限。

但全诗最后的重心却落在了"你的灰色头发苏拉米斯"这一句上,诗人以此意犹未尽地结束了全诗(策兰自己在朗读这最后一句的Sulamith 时,有意在"Sulami"后面稍微停顿了一下,最后以一个吐出

---

① FELSTINER J. Paul Celan:Poet, Survivor, Jew [M]. New Haven:Yale University Press, 2001:79.

的"th",结束了全诗)。苏拉米斯,带着一头灰烬色头发的苏拉米斯,象征着德国的死亡大师不可抹掉的一切,在沉默中永远显现在人们眼前。

这个结尾很特别,可以说,它也是人类诗歌史上绝无仅有的一个诗的结尾。同样关注策兰诗歌的意大利思想家阿甘本在《诗歌的结束》一文中曾引用瓦雷里的一句话:"诗,是一种延长的犹豫,在声音与意义之间。"①策兰的这个"悬而未决"的结尾,使"死亡赋格"的写作远远超出了它自身。它会在每个读到它的人那里留下深长的回音。

这就是《死亡赋格》这首诗。纵然这首诗在后来成为诗人的一个标签,策兰本人甚至拒绝一些选家把它收入诗选中,但这并不影响它的重要。可以说它是一首"时代之诗",在历史上能成为"时代之诗"的诗并不是很多,T·S·艾略特的《荒原》是一首,《死亡赋格》也算一首。无论谈论策兰本人还是谈论战后欧洲诗歌和艺术,人们都不可能绕过它。诗中对纳粹邪恶本质的强力控诉,它那经历了至深苦难的人才有的在神面前的悲苦无告,它那强烈、悲怆而持久的艺术力量,至今也仍在感动着无数读者。的确,正如美国著名诗人罗伯特·哈斯所说,它是"二十世纪最不可磨灭的一首诗"。②

---

① AGAMBEN G. The end of the poem [M]. HELLER-ROAZEN D, translate. Stanford: Stanford University Press, 1999: 109.
② 转引自:FELSTINER J. Paul Celan: Poet, Survivor, Jew[M]. New Haven: Yale University Press, 2001: 5.

三
数数杏仁

Zähle die Mandeln,

zähle, was bitter war und dich wachhielt,
zähl mich dazu:

Ich suchte dein Aug, als du's aufschlugst und niemand dich ansah,
ich spann jenen heimlichen Faden,
an dem der Tau, den du dachtest,
hinunterglitt zu den Krügen,
die ein Spruch, der zu niemandes Herz fand, behütet.

Dort erst tratest du ganz in den Namen, der dein ist,
schrittest du sicheren Fußes zu dir,
schwangen die Hämmer frei im Glockenstuhl deines Schweigens,
stieß das Erlauschte zu dir,
legte das Tote den Arm auch um dich,
und ihr ginget Selbdritt durch den Abend.

Mache mich bitter.
Zähle mich zu den Mandeln.

Count the almonds,

Count what was bitter and kept you awake,
Count me in:

I looked for your eye when you opened it, no one was looking at you,
I spun that secret thread
on which the dew you were thinking
Slid down to the jugs
guarded by words that to no one's heart found their way.

Only there you did wholly enter the name that is yours,
Sure-footed stepped into yourself,
freely the hammers swung in the bell frame of your silence,
The listened for reached you,
What is dead put its arm around you also
And the three of you walked through the evening.

Make me bitter.
Count me among the almonds.

(Translated by Michael Hamburger)

数数杏仁[1]

数数杏仁,
数数这些苦涩的并使你一直醒着的杏仁,
把我也数进去:

我曾寻找你的眼睛,当你睁开无人看你时,
我纺过那些秘密的线
上面,你冥想的露珠,
滑落进那些罐子,被言语守护,
无人之心找到他们的所在。

只有在那里你完全进入你自己的名字,
以切实的步伐进入自己,
自由地挥动锤子,在你沉默的钟匣里,
那听到的,向你靠近,
而死者的手臂围绕着你
于是你们三个漫步穿过黄昏。

让我变苦。
把我数进杏仁。

注释

[1]选自诗集《罂粟与记忆》。

导读

该诗收入诗集《罂粟与记忆》时,被特意放在最后一首,策兰本人后来也多次朗诵它,它成为经常被人们评论、引用的一首诗。

从策兰的一生来看,这首诗的确是一个标志,它标志着诗人在大屠杀后对民族苦难记忆的忠实,标志着对自身身份的深刻认定。从任何方面来看,这首诗都是一个神圣誓约。

"数数杏仁",这是诗的第一句,也成为标题。这里的点数,首先使人联想到集中营里对囚犯的点名——当然,他们往往没有名字,只有号码。奥斯维辛的幸存者、2002年诺贝尔文学奖获得者、匈牙利犹太裔作家凯尔泰斯就曾多次谈到当年他在集中营里的号码:"64921"。

至于"杏仁",显然也和犹太民族的历史命运联系在一起。《旧约》中有多处杏树的意象和隐喻。犹太人的烛台,往往都有杏树开花的图案。策兰多次写到"杏仁",在一首《Mandorla①》中,也把杏仁和"王"、和犹太人的卷发放在一起咏颂。

更重要的是,策兰的母亲就长着一双杏仁眼。在《在一盏烛火前》中,策兰就曾这样写到死后变年轻了的永恒母亲:"苗条的体态,/一道修长的,杏仁眼的影子。"

"数数这些苦涩的并使你一直醒着的杏仁",杏仁是苦涩的,犹太人逾越节吃的面包要放一种苦草,以纪念祖先从埃及出来的苦难;至

---

① 意大利语,指圣像杏仁状的光环。

于"醒着",德语的"杏仁"(Mandeln)和希伯来文的"清醒"发音很接近。变苦也就是变清醒,哪怕是痛苦地"醒着",因为只有这样才能免于麻木和遗忘,才能意识到自己,成为自己。在给早年家乡朋友的信里,策兰就曾这样说:"我在我的诗里写出了当代人类经验中最糟糕的东西。听来也许自相矛盾:但也正是藉着它们,我才得以支持下去。"①

第三节"我曾寻找你的眼睛",那也许就是死去母亲的杏仁眼,或是某种更为绝对的精神存在。接着是诗人要进入的(或被数人的)更隐秘的世界:秘密的线,滑落进罐子的露珠。这里的"罐子",让人想到诗人的早期诗作《骨灰瓮之沙》("像霉一样发绿,是那忘却的家")。对一个大屠杀的幸存者来说,也许这种意义上的死亡才是最终的庇护。

这就涉及对策兰更深层的读解了。美国诗人翻译家乔瑞斯在《保罗·策兰作品选》序言中也谈到这一点:"策兰认为他自己在大屠杀之后的生活只是一种不恰当的补充(supplement),他母亲的死似乎才更接近于真实。"②因而策兰的流亡和死亡意识都是绝对的。作为一个"幸存者",一个生命仅仅是死亡的补充的人,对策兰来说,那就是"作为一个应该死去的人"。③

因此接下来的诗句也不难理解:"被言语守护,/无人之心找到他

---

① 沃夫冈·埃梅里希.策兰传[M].梁晶晶,译.台北:倾向出版社,2009:193.
② JORIS P. Introduction [M]. //CELAN P. Paul Celan:Selections. Oakland:University of California Press, 2005:22-23.
③ JORIS P. Introduction [M]. //CELAN P. Paul Celan:Selections. Oakland:University of California Press, 2005:30.

们的所在"。被言语守护也就是被诗人的言语守护,"无人之心"(niemandes Herz/no one's heart),可理解为一种超脱了生死和肉体的灵魂存在。"只有在那里你完全进入你自己的名字",法国著名诗人伊夫·博纳富瓦在回忆策兰的文章中就曾这样叙述过"在战时(和战后)的欧洲",策兰作为一个"无法讲出自己的名字的犹太人"的真实处境:"他是一个犹太人却栖居在由另一种语言构筑的地方,他感受到从这个我由内而外地变成了另一个你,他又只能生存在西方语言给他规定的这个无个性的身份之中,这种语言只能从悖论中找到化身,而且还是基于一本借来的书。"①

这不仅是策兰个人的处境,也是他的惨遭驱逐和屠杀的流亡民族的命运。如果说在集中营里被点数的囚犯是无名的,是阿伦特、阿甘本所说的那种在极权统治下被剥夺了一切保护的"赤裸生命"("bare life"),在这里,在这个隐秘的世界,诗人感到才有可能"以切实的步伐进入自己"。"沉默的钟匣"这个比喻与上面的"罐子"相接近,但却可以"自由地挥动锤子",即从死亡的沉默里发出生命和时间撞击的声音。

也正是在这个被数进的世界里,"那听到的,向你靠近,/而死者的手臂围绕着你/于是你们三个漫步穿过黄昏"。这里不仅写到生与死的纠缠和与幽灵达成的亲密性。"你们三个"有多种解释,我认为在这里完全可以理解为诗人与死去的父母双亲。策兰对父母的被带

---

① JORIS P. Introduction [M]. //CELAN P. Paul Celan: Selections. Oakland: University of California Press, 2005: 22.

走和在集中营里的惨死一直怀有深深的愧疚感,认为自己未能保护好父母,另外,父母的死也给他带来了无限孤寂的孤儿感(我们不要忘了策兰为独生子)。在这里他渴望加入死者的队列,回到父母双亲那里,回到永恒的庇护中,一起漫步穿过那生与死的黄昏。

至于诗的最后两句"让我变苦。/把我数进杏仁",不仅誓言般简洁有力,也使全诗恰到好处地完成。从一开始的"数数杏仁",到最后的这个结尾,这是命运的循环,也是永恒的回归。

从策兰的一生来看,"让我变苦。/把我数进杏仁",这不仅成为他人生和写作的誓言,这样的声音也一直伴随他到生命的最后。1969年秋天,策兰第一次访问以色列,这是一次朝圣之旅,与早年家乡的女友伊拉娜·施穆黎的重逢,也激发了他的创作激情,使他在命运把他夺走之前,用他的希伯来语发出了"Hachnissini"("收留我")的声音。这里是策兰回到巴黎后写给施穆黎的一首诗(有删节):

结成杏仁的你,只说一半,
依然因抽芽而颤抖……

尚未
被去掉
眼睛,未被
荆棘吞没,在众天体的
赞颂中,是这歌之开始:

Hachnissini。

"Hachnissini",希伯来语,意为"收留我"。第一位现代犹太诗人凯姆·比亚里克的一首广被传诵的诗就以这个祈使语开头:"Hachnissini tachat Knafech"("收留我到你的翼下")。施穆黎在回忆中这样谈道:"《结成杏仁的你》以'收留我'为结尾,意味着'接受我'('Take me in')。这个词,这首歌,是策兰在童年学希伯来语时就记得的,他说这是'孩子式的希伯来语'。"①

从"Count me in"(把我数进去)到"Take me in"(收留我),策兰生命最后期间的这首《结成杏仁的你》显然回响着早年的声音。而早年的《数数杏仁》也预示了诗人的一生。或者说,他一生都处在死去母亲的杏仁眼的凝视下。

---

① CELAN P. SHMUELI I. The Correspondence of Paul Celan and Ilana Shmueli [M].GILLESPIE S H, translate. New York:The Sheep Meadow Press, 2010:145.

四

以一把可变的钥匙

Mit wechselndem Schlüssel

schließt du das Haus auf, darin

der Schnee des Verschwiegenen treibt.

Je nach dem Blut, das dir quillt

aus Aug oder Mund oder Ohr,

wechselt dein Schlüssel.

Wechselt dein Schlüssel, wechselt das Wort,

das treiben darf mit den Flocken.

Je nach dem Wind, der dich fortstößt,

ballt um das Wort sich der Schnee.

With a Variable Key

you unlock the house in which

drifts the snow of that left unspoken.

Always what key you choose

depends on the blood that spurts

from your eye or your mouth or your ear,

You vary the key, you vary the word

that is free to drift with the flakes.

What snowball will form round the word

depends on the wind that rebuffs you.

(Translated by Michael Hamburger)

以一把可变的钥匙[1]

以一把可变的钥匙
你打开房子,在那里面
缄默的雪花飞舞。
你挑选着钥匙
总是根据血,那从你的眼
嘴或耳朵里涌出的血。

你变换着钥匙,变换着词,
它可以随着雪片漂流。
而怎样的词团从冰雪中渗出,
根据风,漠然拒绝你的风。

注释

[1] 选自诗集《从门槛到门槛》。

导读

《死亡赋格》问世后,在德语世界引起广泛反响,它被上演,被评论,被选入各种诗选和中学课本。但是人们发现策兰也在"变",策兰并没有成为人们愿望中的诗人,相反,原有的强烈抗议主题和音乐性似乎都消失了,出现在他们面前的,只是一些极度浓缩和晦涩的诗歌文本。

策兰是有勇气的,在《死亡赋格》后他也意识到他必须重新开始。他没有以对苦难历史的渲染来吸引同情,也没有迎合一般公众对诗歌和艺术的要求,而是以对语言内核的抵达,以对个人内在声音的深入挖掘,开始了更艰巨,也更不易被人理解的历程。

收入在1955年出版的诗集中的这首诗,就显现了一种抛开早期的那种艺术表现,从更深刻的意义上重新通向言说的艰巨努力。在诗人那里存在着一个有待打开的"雪屋"("在那里面/缄默的雪花飞舞");冰雪从词语的内部渗出来,但仍无法说出。这就是策兰在《死亡赋格》之后所关注和焦虑的问题。

变换钥匙,即变换语言和言说的方式,很多诗人在其创作生涯中都经历过这种调整和变化,只不过策兰的"变换钥匙"还出自更深刻、沉痛的体验,甚至出自作为一个幸存者的深深愧疚感。就在创作该诗的同期,策兰还写有这样的诗:"无论你搬起哪块石头——/你都会让那些/需要它保护的暴露出来""无论你说出哪个词——/你都有欠于/毁灭"(《无论你搬起哪块石头》)。

这也说明,像任何一位经历了至深苦难的犹太作家一样,策兰的语言意识和他在写作中面对的问题从来就和他对生存、信仰和表达困境的体验深刻联系在一起,"他那不懈的与德国语言的私密搏斗"(见作家库切对策兰的评述:"他那不懈的与德国语言的私密搏斗,构成了他所有后期诗歌的基质"),和那些内里贫乏却热衷于玩语言游戏的写作根本不是一回事。

因此,这种策兰式的"变换钥匙"绝不是表面形式上的,而必得出自肺腑,即诗中所说的"根据血,那从你的眼/嘴或耳朵里涌出的血"。他也只能寄期望于一种向内的挖掘和艰难辨认。

但在另一方面,这写作的宿命又是可以改变的么?不会有答案,但我们却随着诗的进程感到冰雪的暴力在一步步加剧:它在一开始是缄默的雪(在原诗中,也带有"隐藏的雪"的意味),后来变成了"雪片",最后则迎来了冰天雪地里神秘的烈风——那使词语在冰雪中结成球团,并迫使一个诗人前趋的风!

也许有人会由此联想到德语诗性传统中那种对"绝对事物"的敬畏。只不过在策兰这里,那冰雪,不仅出自写作的艰难,也一直是环绕着他的存在。他从自身的真实人生中构建了雪与词语、冰风与诗人这一相互抗衡的紧张关系。

但他无畏地迎向了这样的冰雪和风。从这个意义上讲,策兰自始至终是一个顶着死亡和暴力写作的诗人。

同《死亡赋格》一样,这同样是"不可磨灭的一首诗"。重读该诗,那从艰难困苦中产生的语言之力仍久久地拍打着我们(附带说一下,这首诗也几经翻译,至今仍难说就是定稿)。从诗学的意义上,这甚至是一个更为深刻和艰巨的起点。自此以后,策兰的诗,就愈来愈成为"策兰式的"(Celanian)了。

五

科隆，王宫街

Köln, am Hof

Herzzeit, es stehn

die Geträumten für

die Mitternachtsziffer.

Einiges sprach in die Stille, einiges schwieg,

einiges ging seiner Wege.

Verbannt und Verloren

waren daheim.

Ihr Dome.

Ihr Dome ungesehn,

ihr Ströme unbelauscht,

ihr Uhren tief ins uns.

Cologne, at the Station[1]

Heart time, those

we dreamt stand up for

the midnight cipher.

Something spoke into stillness, something was silent,

something went its way.

Banished and Vanished

were at home.

You cathedrals.

You unseen cathedrals,

you rivers unheard,

you clocks deep in us.

(Translated by John Felstiner)

科隆,王宫街[2]

心的时间,梦者
为午夜密码
而站立。

有什么在寂静中低语,有什么沉默,
有什么在走着自己的路。
流放与消失
都曾经在家。

你大教堂。

你们这些不可见的大教堂,
你这不曾被听到的河流,
你深入在我们之内的钟。

注释

[1] 费尔斯蒂纳的英译标题"Cologne, at the station"("科隆,火车站")为误译。"Am Hof"(王宫街)为邻近科隆大教堂、火车站和莱茵河畔的一个老街区,中世纪以来为犹太人的居住地和受难地。

[2] 选自诗集《言语栅栏》。

导读

1957年10月14日,策兰和巴赫曼在西德一次文学会上重逢,旧情重燃,当晚住在邻近科隆大教堂、火车站和莱茵河畔的王宫街。那一晚,因为巴赫曼说出"真像做梦"这句话,策兰后来写出了这首诗,并从巴黎把它寄给了巴赫曼。

不仅是爱情的复发,该诗更重要的背景还在于:科隆王宫街一带在历史上曾为犹太人的居住地和受难地。对于科隆,人们往往知道著名的科隆大教堂,还有很多人看过1945年盟军大轰炸后的照片,城市已成废墟,莱茵河上的大铁桥被炸成好几截,唯有那古老的大教堂奇迹般地保存下来。但他们很少有人知道生活在科隆的犹太人的悲惨遭遇,不仅在纳粹时期,在中世纪科隆发生的一场大瘟疫中,他们就曾作为祸因惨遭集体屠杀,以至于科隆圣玛丽亚教堂至今仍存有"瘟疫十字架"(它已被策兰写入了另一首诗中,见《在收集的》)……

这就是为什么策兰会以"科隆,王宫街"为题。他不仅要以此纪念他们的爱情,他还要在这里为民族的苦难作证,并对历史和命运进行追问。

让我们来读这首诗。诗一开始"心的时间"("Herzzeit"),即给人一种屏心静气之感,似乎诗人所经历的全部岁月,把他们推向了这一刻。接着是"梦者"的出现,他们不是因为眺望星空而是因为"午夜密码"而站立——这种策兰式的隐喻,指向了历史和宇宙那黑暗的、解不开的谜。

接下来,由眼前所见延伸到时间的深处,"有什么在寂静中低语,有什么沉默,/有什么在走着自己的路",这是对游人如织的王宫街一带喧闹过后的描述,但也是对整个世界的倾听。但不管怎么说,"流放与消失/都曾经在家",这里的一切,哪怕是空荡荡的街道,都是历史的见证!

读到这里,我们也仿佛看到了科隆大教堂周边那些磨得坑坑洼洼的老街区,在那里,一对对恋人手拉着手,来自世界各地的观光客们兴奋地说着通天塔里的语言,但他们是否想到这里曾是犹太人的居住地?那些被带走的犹太人和在大轰炸中惊逃的人们都到哪里去了?

令人震动的,是诗人接下来发出的追问:"你大教堂"(原诗中的"大教堂"为复数,因此也可译为"你们这些大教堂"),句式很不寻常,而且在诗中单独成节,我们可以体会到当一个诗人在午夜面对宇宙的寂静和黑暗、面对消失的苦难历史从而直接向"大教堂"发出呼喊时的那种内心涌动了!

不用说,"大教堂"在这里是实存,但也是象征。作为一个大屠杀的哀悼者,一个背负着整个民族创伤的诗人,诗人在这里也不能不向上帝发出他的质询和追问,纵然他永远得不到回答。

对策兰这首诗和他的很多诗的解读,也应置于这样的思想背景下。发生在二十世纪的对犹太人的种族灭绝,不仅令人难以置信,也深深动摇了西方文明和信仰的基础。阿多诺关于奥斯维辛之后写诗"是不可能的"的论断之所以引起广泛反响,是因为它背后还隐含着"奥斯维辛之后上帝是可能的吗"这样一个更重大、更让人不安的问题。

策兰的追问角度当然和其他许多人不同,但无论怎么看,我们都可以从他的诗中体会到那种大屠杀的幸存者对"上帝之缺席"的沉痛。

回到这首诗,"你大教堂"——这就是诗人要追问和述说的一切。诗写到这里,被推向一个高潮,而接下来的,不过是它的回声。因此在全诗的最后一节,诗人所追问的大教堂、所凝望的黑暗河流和所倾听的钟声,被转入到一个更深邃、内在、不可见的层面。

尤其是"你深入在我们之内的钟"这最后一句,不仅切合子夜聆听教堂钟声的情景,也更具有深长的意味。诗中这一句中出现了"我们",两位诗人因为"心的时间"(后来它成为巴赫曼、策兰通信集的书名)而再次走到一起,他们相互依靠,共同领受这激荡灵魂的钟声。这钟声已不仅是大教堂的钟声,还是更悠远,也更能压迫人的命运的回声,是和倾听者的"存在与死亡"深刻相关的钟声。它因为这首诗而被唤起,并一直深入到"我们之内"。难怪后来在给巴赫曼的信中,策兰自己也引用过这一句诗:这已成为他们之间的一种精神密语。

六
安息日

Hawdalah

An dem einen, dem

Einzigen

Faden, an ihm

Spinnst du — von ihm

Umsponnener, ins

Freie, dahin,

ins Gebundne.

Groß

stehn die Spindeln

ins Unland, die Bäume: es ist,

von unten her, ein

Licht geknüpft in die Luft-

Matte, auf der du den Tisch deckst, den leeren

Stühlen und ihrem

Sabbatglanz zu —

zu Ehren.

Hawdalah

On the one, the

only

thread, on that

you spin — by that

spun round into

Freeness, out

into boundness.

The spindles stand

huge

into untilled land, the trees: from

underneath a

light is braided into the airy

matting where you set your table for the empty

chairs and their

Sabbath radiance in —

in honor.

(Translated by John Felstiner)

安息日[1]

在一条线上,在
那唯一的
线上,在那上面
你纺着——被它
绕着纺进
自由,绕着
纺进束缚。

巨硕的
纺锤站立
进入荒地,树林:来自于
地下,一道光
编入空气的
垫席,而你摆出餐具,为那些
空椅子,和它们
安息日的光辉——

在屈身之中。

注释

[1] 选自诗集《无人玫瑰》。

导读

策兰是犹太民族苦难的见证者,他的这首诗,就是哀悼、纪念那些大屠杀的受难者和牺牲者的,纵然从某种意义上讲,这又是一种"不可能的哀悼"。

全诗由"纺"的隐喻开始,展示着人类在"自由"与"束缚"之间的命运。接下来"巨硕的/纺锤站立",仿佛这巨硕的纺锤自行获得了它的身姿和生命,这真是令人惊异。策兰的创作深受超现实主义影响,这尤其体现在他创造的许多意象和隐喻上。不过,他却有着许多超现实主义诗人所没有的创伤经历和沉痛感受,像接下来的"树林:来自于/地下"这样的诗句,就带着死亡和掩埋的意味。如果说策兰有一种"幽灵般的感受力",那也是他在对生死的洞穿和至深体验中练就的。

同样奇异的是,这是一首挽歌,但是从语言中却透出了光:"一道光/编入空气的/垫席",因为死者需要最终的慰藉。从这样一个语言细节,我们可感受到诗人内心的颤栗。

至于"空椅子",意义不难理解,这是诗的意象,但也是铁一般的现实。几年前我受邀到德国莱比锡等地朗诵。在莱比锡地图上,我看见标有"莱比锡犹太纪念教堂"的标志,就前去访问。但一到那里,还没有走近,就被震动了:那个犹太教堂已不存在,它早已在当年的"水晶之夜"被纳粹分子焚毁,在这个废址上,只摆有上百把铜铸的空椅子,像一场无声的哀悼仪式。

在那一刻我在想:这不就是策兰的诗吗?这不就是策兰的诗在

等着我们吗?

也正是在那一刻,我更加明白了:我们翻译策兰,就是为了这些空椅子,和它们安息日的光辉——并且,是"在屈身之中"!

这里,还需要谈谈翻译。对策兰的翻译,我其实一直是很严谨的,我要尽可能地达成"精确",但对该诗的结尾,我有很大变动。该诗的结尾一句德文原诗为"zu Ehren"(英译"in honor"),本来应译为"在尊敬之中"或"在荣耀之中"。但如果按字面这样来译,我感到其份量和质感都不够。这一句在诗的最后另起一行,为"压舱石"般的存在,如果按字面译为"在尊敬之中",也压不住全诗。我琢磨再三,最后,几乎是在突然间,把它译成了"在屈身之中"。说实话,这样来改变,当时连我自己也有点惊异。

但我就这样译了,因为这也正是一个译者要达成的"更高的忠实"。"屈身",这里首先有一种身体的姿势,或是出于尊敬,或是由于悲痛而弯下身来。这样来译,不仅有一种语言的质地和张力,其实也更深刻地表达原诗中的哀悼之情。的确,我们只有"在屈身之中",才对得起那些受难者的在天之灵!

此外,诗的节奏也极其重要,它决定着一首译作的成败。策兰的后期创作在抛开了早期的音乐模式后,往往以呼吸和他所说的"换气(Atemwende/Breathturn)来形成诗的节奏("诗:也许可以意味着一种换气,一种我们呼吸的转换。谁知道,也许诗歌所走的路——艺术之路——就是为了这种换气?"策兰在《子午线》中曾这样宣称[①])。

[①] CELAN P. Collected Prose[M]. WALDROP R, translate. Manchester:Carcanet Press, 2003:47.

《安息日》一诗正是如此。在翻译时,我力求进入这种生命内在的呼吸,并从汉语出发再造诗的句法和节奏,并最终把全诗带入那个决定性的"换气"时刻——"在屈身之中"!

　　诗的翻译不是简单的语言转换。在我认同的翻译那里,都体现了对忠实的追求与创造性之间的张力关系。翻译策兰时,我们就处在这个充满张力的领域。这是一种"必要的张力",否则,不仅对不起策兰,也对不起我们自己的汉语。这种艰巨的翻译劳作,最终还是使我想起了策兰自己的一句诗:

　　"一条弓弦/把它的苦痛/张在你们之中"(《里昂,弓箭手》)

七

卫 墙

La Contrescarpe

Brich dir die Atemmünze heraus
aus der Luft um dich und den Baum:

so
viel
wird gefordert von dem,
den die Hoffnung herauf- und herabkarrt
den Herzbuckelweg — so
viel

an der Kehre,
wo er dem Brotpfeil begegnet,
der den Wein seiner Nacht trank, den Wein
der Elends-, der Königs-
vigilie.

Kamen die Hände nicht mit, die wachten,
kam nicht das tief
in ihr Kelchaug gebettete Glück?
Kam nicht, bewimpert,

das menschlich tönende Märzrohr, das Licht gab,
damals, weithin?

Scherte die Brieftaube aus, war ihr Ring
zu entziffern? (All das
Gewölk um sie her — es war lesbar.) Litt es
der Schwarm? Und verstand,
und flog wie sie fortblieb?

Dachschiefer Helling, — auf Tauben-
kiel gelegt ist, was schwimmt. Durch die Schotten
blutet die Botschaft, Verjährtes
geht jung über Bord:

 Über Krakau
 bist du gekommen, am Anhalter-
 Bahnhof
 floß deinen Blicken ein Rauch zu,
 der war schon von morgen. Unter
 Paulownien
 sahst du die Messer stehn, wieder,
 scharf von Entfernung. Es wurde
 getanzt. (Quatorze

juillets. Et plus de neuf autres.)

Überzwerch, Affenvers, Schrägmaul

mimten Gelebtes. Der Herr

trat, in ein Spruchband gehüllt,

zu der Schar. Er knipste

sich ein

Souvenirchen. Der Selbst-

auslöser, das warst

du.

O diese Ver-

freundung. Doch wieder,

da, wo du hinmußt, der eine

genaue

Kristall.

La Contrescarpe

Break the coin of breath
from the air around you and the tree:

anyone
hope
trundles up and down
Heart-Hump Road
must pay this toll — any-
one

at the turning-point
where he faces the spike of bread
that has drunk up the wine of his night, misery's
wine, wine of the king's
wakefulness.

Didn't the hands come along, holding their vigil,
and the happiness
deep in their cup,
didn't it come?

Didn't the March-pipe,

ciliated, come

with human sound that let there be light

at that time, from afar?

Did the dove go astray, could her ankle-band

be deciphered? (All the

clouding around her — it was legible.) Did the

covey countenance it? Did they understand,

and fly, when she did not return?

Roof-pitched slipway — that which floats

is laid down in dove-keel. The message bleeds

through the bulkheads,

every expiry

goes overboard too soon:

    Upon arrival in Berlin,

    via Krakow,

    you were met at the station by a plume of smoke,

    tomorrow's smoke already. Under

    the Paulownia trees

    you saw the knives erect, again,

sharpened by distance. There was

dancing. (Quatorze

juillets. Et plus de neuf autres.)

Cross Cut, Copy Cat, and Ugly Mug

mimed your experiences. Wrapped

in a banner, the Lord

appeared to the flock. He took

a pretty little sou-

venir: a snapshot.

The auto-

release, that was

you.

O this friend-

making. And yet, again,

you know your destination — the one

precise

crystal.

(Translated by Nikolai Popov and Heather McHugh)

卫墙[1]

拆除这呼吸的硬币吧,
从围绕着你与树的空气中:

如此
多的
索取,在心坎路上
希望向上与向下
要付出的——如此
之多

就在拐弯处,
他遇上了面包之箭,
而它曾饮过他的夜酒,那
愁苦之酒,让国王不眠的
夜酒。

那双手没有来吗,带着它所值守的夜
和幸福
浸入它们的苦杯深处,
它也没有来吗?

那长睫毛的三月芦苇,
几乎带着人的声音,曾经发亮,
从那遥远处?

那只信鸽迷了路,她的脚环
被译解了吗?(所有围绕她的
云团——易懂。)鸽群
允许她吗?它们是否理解,
并接着飞,当她尚未归来?

屋顶石瓦之船台,——航行
已由鸽子的龙骨备下。血的讯息
从舱壁渗出。过期的日子
就那样年轻地下水了:

  经由克拉科夫
  你到达,在安哈尔特—
  火车站[2],
  你遇见了一缕烟,
  它已来自明天。在
  泡桐树下,
  你看见刀锋林立,再一次
  因距离而闪光。那里的人们

在蹦跳。(七月
十四个,另外再加九个多)[3]
那横穿的,装蒜的,龇牙咧嘴的
全在冲你上演。裹着
带铭文的绶带,吾主
也在人群中出现。他拍下
一张小巧的
纪念快照。
那自动快门,就曾是
你。

噢,这份——
友情。但,再一次
你知道你所到之处,还是那
精确无误的
水晶。

注释

［1］选自诗集《无人玫瑰》。该诗原标题"La Contrescarpe"为法语，指堡垒外的卫墙。

［2］安哈尔特火车站（Anhalter Bahnhof），位于柏林的一座老火车站，也是当年犹太人逃难或被驱逐、押送的主要火车站，二战末期在战火中被毁。

［3］原文为法语。

导读

要读解策兰后期的诗,我们就会遇上"密封诗"("hermetisches Gedicht")这个概念,纵然策兰本人对这个标签很反感。他曾对朋友说:"人们都说我最近出版的一本诗集是用密码写成的。请您相信,那里面的每一个字都和现实直接有关。不过,他们没有读懂。"①

但是,德国的评论家,从阿多诺到伽达默尔,在谈论策兰诗歌时仍使用了"密封诗"这一概念(这里顺带说一下,有的中译者把它译为"隐逸诗",这就偏离了德国诗歌特定的语境)。伽达默尔就称策兰诗集《换气》中的诗为"密封性的抒情诗"。②

问题还在于,策兰拒绝了"密封诗"这个标签,同时又拒绝对自己的诗做出任何解释,"一点也不密封,"他这样对人说,"去读!不停地读,意义自会显现。"③

在英译《策兰诗文选》序言中,费尔斯蒂纳谈到一次他在法国的经历,当他问吉瑟勒策兰的诗是不是像他自己说的那样都来自于他的经历时,吉瑟勒回答:"Cent pour cent"(法语"百分之百")。但当他又

---

① 转引自:沃夫冈·埃梅里希.策兰传[M].梁晶晶,译.台北:倾向出版社, 2009:6.
② GADAMER H G. Gadamer on Celan:"Who Am I and Who Are You?" and Other Essays[M]. HEINEMANN R, KRAJEWSKI B, translate. New York:State University of New York Press, 1997:67.
③ 转引自:沃夫冈·埃梅里希.策兰传[M].梁晶晶,译.台北:倾向出版社, 2009:7.

问怎样去找这些经历的出处时,吉瑟勒的回答像策兰生前的回答一样:你自己从诗中去找。①

现在我们就来读《卫墙》这首诗。它"百分之百"是策兰一生的写照,而又用了一种不同寻常的、在一般读者看来是高度"密封"的方式。

首先,诗的标题就很重要。该诗原标题为法语"La Contrescarpe",指堡垒外的卫墙。临近巴黎拉丁区就有一处颇有名的"卫墙广场"(Place de La Contrescarpe),海明威曾在回忆录中写过这个地方。但对策兰来说,他母亲的弟弟生前就生活在附近一带(后来他作为法国犹太人被押送到奥斯维辛并死在那里),这也是他自己早年到法国留学期间会见舅舅、他于1948年7月从维也纳流亡到巴黎后首先落脚的地方。重要的是,读完全诗,我们再来看"卫墙"这个标题,会感到它已成为一个隐喻,一个尤其是和"密封诗"有关的隐喻。一道坚固的语言卫墙矗立在那里,既敞开又封闭,自成一个为一般人难以进入的世界。

现在我们来看诗的开头。按犹太人习俗,为超渡亡灵,在死者嘴里会放入一枚银币,策兰献给曼德尔施塔姆的《一切,和你我料想的都不一样》中就有这样的诗句"银币在你的舌上熔化,/那是黎明的滋味,永恒的滋味"。但为什么在这首诗中要"拆除这呼吸的硬币"呢?这样的起句"很猛",也很不寻常,它带出了诗人在回顾自己一生时所

---

① FELSTINER J. Preface [M]. //CELAN P. Selected Poems and Prose of Paul Celan. New York: W·W·Norton, 2001: 6.

满怀的艰难苦恨。

诗的第二节不难理解。但这里的"索取",不仅是"拦路"的命运对人的索取(策兰在诗中还曾用过"黑关税"这类隐喻),其意味也更丰富。而接下来的一节,语言拐了一个弯:"就在拐弯处,/他遇上了面包之箭"。可以想象这是诗人瞥见面包店时产生的一个奇特意象,但它也是一个生死相依、生死互为作用的隐喻。策兰诗中屡屡出现过"箭"的隐喻,而这次它和法式长面包(法棍)联系在了一起。

该节后面的诗句和第四节也都不难理解,夜酒、国王、苦杯,这些和一个诗人的苦难命运有关,只是"那双手"的出现有点突然,因为它没有主体,那是一双握着苦杯的手,它自己就成了主体。在策兰诗中经常出现眼、手、耳、额、嘴等身体意象,它们是身体的一部分,但在某种"瓦解的逻辑"下,又往往像凡高"赠与的耳朵"(见策兰《政权,暴力》一诗)一样,具有了自己的生命。

诗的第五节出现了跳跃和转折,诗的空间因此被拓展了:"那只信鸽迷了路",显然,"信鸽"和第六节的"船台"都指向了诺亚方舟的传说,在《旧约·创世纪》中,诺亚从方舟中放出鸽子查看洪水是否消退,而在策兰这首诗中,鸽子并没有衔着橄榄枝归来,而是以它自己的龙骨作为了献祭。这是策兰作为大屠杀的幸存者对古老的神话所做出的最悲痛的改写。

此处还写到个体与族群的关系。它不仅暗含了诗人在群体中不被理解的痛苦,还暗含了他要留在欧洲、继续用刽子手的语言(德语)写诗的决心。以信鸽的骨骸作为救赎的龙骨,这是一个惊人的想象,也是一种悲剧命运的写照,而到了"血的讯息/从舱壁渗出",全诗不仅更具有了深度,也由此被推向了一个高潮。

而紧接着的"过期的日子/就那样年轻地下水了",很动情,也很耐人寻味。这是生命的重返。当难以忘怀的过去成为了"当下",诗人又回到早年那个决定性的时刻——接下来的那一长节诗,诗人特意以一种"插入语"的形式,使它错落出现在了诗的整体结构中:

经由克拉科夫
你到达,在安哈尔特——
火车站,
你遇见了一缕烟,
它已来自明天。

这里记录了一个命定的历史时刻:1938年11月9日,尚17岁的策兰遵父母之命前往法国读医学预科,"就那样年轻地"进入了命运的轨道。他乘火车从波兰克拉科夫启程,穿越德国前往法国,经过柏林安哈尔特火车站时——也许正出于命运的"友情"(如诗人在该诗后面所嘲讽的那样),正好遇上了纳粹分子疯狂捣毁犹太人商店、焚烧犹太教堂的"水晶之夜"("Kristallnacht")。因为到达柏林时已是10日凌晨,处在"今夜"与"明天"之间,所以他这样写道:"你遇见了一缕烟/它已来自明天。"似乎就在那一刻,那来自"明天"的焚尸炉的浓烟,已为他和他的民族升起来了。

令人震动的就在这里:这是叙述和见证,但也是对未来的可怕预感。海德格尔曾在《存在与时间》中谈论过"死亡的先行性",而策兰以自己的切身经历洞见了这一切。他通过这样的诗句,也将自己永远留在那一历史时刻了。

接下来泡桐树的出现也提示着诗人的命运,因为泡桐(Paulownien)这个树名就和策兰自己的名字"Paul"有关,而在那里"刀锋林立",诗人再一次感到它们"因距离"而闪射的寒光了。

问题是括号内那一组令人难以破译的"密码":"七月/十四个,另外再加九个多"。但是,从策兰的人生经历中,我们仍可以找到一些线索:该诗写于1962年9月,自1948年7月由维也纳流亡法国起,诗人在巴黎已度过十四个七月了。另外,自1948年7月上溯至1938年11月他第一次来法国留学,这其间也有九年多的时间。这一组奇特的数字被引入括号,可以视为是诗人在为其记忆"加封"。

出人意外的,还在于对排犹历史场面充满厌恶和嘲讽的描绘:那蹦跳的、横穿的、装蒜的、龇牙咧嘴的……。这种策兰笔下的反犹狂热,让人联想到阿伦特所说的那种"平庸的恶",也寄寓着诗人对伊凡·哥尔遗孀克莱尔所精心编造的"剽窃案"的愤慨和厌恶。因为"不公正四处盛开",因为"破烂如何伪证自己"(见策兰《偶然的暗记》一诗),在这一节诗里,策兰甚至对"主"的描绘都充满了嘲讽。当然,在戏谑和嘲讽之下,我们也体会到了那种对"上帝之缺席"的无比沉痛。

而紧接着的"那自动快门,就曾是/你",则是诗人对自己作为历史见证人的反讽了(它也让我们想到了卡夫卡那句谜一样的箴言"在你与世界的搏斗中,你要协助世界")。这也说明,在策兰创作的后期,他愈来愈多地把反讽与悖论作为了武器。

而在这一节长长的"插入语"之后,诗人以一个"噢",极尽嘲讽和解脱之意。"这份——/友情",不用说,也够反讽的了。但该节的重心和尖锐处还在最后:紧接着"但,再一次",一个真正可怕的意象"水晶"在最后出现了!它不仅和全诗开头的"呼吸"相照应,和诗中所描述的可怕的"水晶之夜"也有着内在关联。它无形而又精确,到最后,它就是"命运的可见性",历历在目,而又有着一种不可回避之力!

"诗人喜欢夸张,但在痛苦中他的嗅觉是准确无误的"①。夏尔的这句话,好像就是读了这样的诗而说的。

这是诗人对命运"友情"的一份回报。它最终让我们感到了什么是策兰式的"痛苦的精确性"!

在1962年6月给早年的家乡朋友埃里希·艾因霍恩的信中,策兰曾这样写道:"我从未写过一句和我的存在无关的东西——你看,我是一个写实主义者,以我自己的方式。"②

《卫墙》这首诗充分印证了这一点。这样一位诗人是不可能"逃避现实"的。只不过他的"承担",如他自己所说,有他"自己的方式"。在1958年《对巴黎福林科尔书店问卷的回答》中,策兰说得更为明确:

---

① 勒内·夏尔.诗论[M].雷光,译//王春元,钱中文.法国作家论文学.北京:生活·读书·新知三联书店,1984.
② CELAN P. Paul Celan:Selections[M]. JORIS P, edit. Oakland:University of California Press, 2005:180.

"真实,这永远不会是语言自身运作达成的,这总是由一个从自身存在的特定角度出发的'我'来形成它的轮廓和走向。现实并不是简单地在那里,它需要被寻求和赢回。"①

"密封诗"的性质,也要从这里来读解。在毕希纳奖演说中,策兰在"为诗一辩"时还曾引用了帕斯卡的一句话:"不要责备我们的不清晰,这是我们的职业性。"②这样的话,是多么委婉,又是多么坚定!

同样坚定的,是策兰对所谓"交流"的拒绝、对"消费"的拒绝。这种"反交流",不仅像埃梅里希所说的那样,"主要被表现为一种障碍,阻拦人们进行照单全收的习惯性直接理解"③,恐怕还在于,作为一个承受了太多伤害和误解的诗人,他早已对"交流"不抱什么指望了。

最后,我还想引述阿多诺的美学理论及其对策兰"密封诗"的看法。首先,在阿多诺看来,艺术就应该是"密封"的,它不是任何外部事物的模仿,而应忠实于自身的法则。虽然任何自律性的艺术,都存在于他律性的社会之中,但是艺术在与社会的他律性纠缠的时候,必须被设定在它自身之中,"艺术只有拒绝追逐交流才能保持自己的完整性"。

这样,在一个文化消费和资本的逻辑一统天下的世界上,诗的"密封"被提升为一种艺术伦理。这就是为什么阿多诺会认同策兰的

---

① CELAN P. Collected Prose[M]. WALDROP R, translate, Manchester: Carcanet Press, 2003: 16.
② 保罗·策兰.保罗·策兰诗文选[M].王家新,芮虎,译.石家庄:河北教育出版社,2002:190.
③ 沃夫冈·埃梅里希.策兰传[M].梁晶晶,译.台北:倾向出版社,2009:13.

后期诗歌。从策兰式的"密封"中,他感到的是对艺术尊严的维护,是某种顽强的"抵抗性潜能"。因此在《美学理论》中,他专门把"密封诗"的问题提了出来。他当然并不认同那种关于策兰的诗"与经验现实隔绝""晦涩难解"的论调。为此他回顾了马拉美以来现代诗歌的历史,"密封诗歌可以说是这样一种类型诗歌,它并不取决于历史,而是完全依据自身来生产称之为诗的东西",但同时,他又指出策兰诗歌与传统的"密封诗"的深刻区别:

"密封诗歌曾是一种艺术信仰,它试图让自己确信生活的唯一目的就是一首优美的诗或一个完美的句子。这种情况已经发生变化。在保罗·策兰这位当下德国密封诗歌最伟大的代表性诗人那里,密封诗歌的体验内容已经和过去截然不同。"①

有什么变化和深刻的"不同"?那我们就把《卫墙》这首诗再读一遍。

---

① ADORNO T W. Aesthetic Theory [M]. LENHARDT C, translate. London: Routledge and Kegan Paul, 1984: 443-444.

八

西伯利亚

Sibirisch

Bogengebete — du

sprachst sie nicht mit, es waren,

du denkst es, die deinen.

Der Rabenschwan hing

Vorm frühen Gestirn:

mit zerfressenem Lidspalt

stand ein Gesicht — auch unter diesem

Schatten.

Klein, im Eiswind

Liegengebliebene

Schelle

mit deinem

weißen Kiesel im Mund:

Auch mir

Steht der tausendjahrfarbene

Stein in der Kehle, der Herzstein,

auch ich

setze Grünspan an

an der Lippe.

Über die Schuttflur hier,

durch das Seggenmeer heute

führt sie, unsere

Bronze-Straße.

Da lieg ich und rede zu dir

mit abgehäutetem

Finger.

Siberian

Bowprayers — you

didn't receive them along, they were,

you think so, yours.

The crow-swan hung

from the early asterism:

with corroded lid iffure

a face stood — even under this

shadow

Small bell, left

lying in the

icewind

with your

white pebble in the mouth:

Stuck in my

throat too, the millenium —

colored stone, the heartstone,

I too

develop verdigris on

my lip

Over the rubble field here,

through the sedge sea today

she leads, ours

bronze-road.

There I lie and talk to you

with skinned

finger.

(Translated by Pierre Joris)

西伯利亚[1]

弓弦之祈祷——你
不曾接受到,它们曾是,
你所想的,你的。

而从早先的星座中
乌鸦之天鹅悬挂:
以被侵蚀的眼睑裂隙,
一张脸站立——甚至就在
这些影子下。

那微小的,留在
冰风中的
铃铛
和你的
嘴中之白砾石:

也卡在
我的咽喉里,那千年——
色泽之岩石,心之岩石,
我也

露出铜绿
从我的唇上。

现在,碎石旷野尽头,
穿过蒲苇之海,
她领着,我们的
青铜街巷,
那里我躺下并向你说话,
以剥去皮的
手指。

注释

［1］选自诗集《无人玫瑰》。

导读

这应是一首献给曼德尔施塔姆的哀歌(实际上,策兰的整本诗集《无人玫瑰》就以"纪念奥西普·曼德尔施塔姆"作为题献)。二十世纪五十年代末期,策兰所全力投入的工作就是翻译曼德尔施塔姆:"这个德语诗选,是第一个容量较大的以书籍形式出现的译本;这些诗中只有少许的诗被译成意大利语、法语和英语。在所有一切机遇中我想给出诗歌最需要的:使它存在。"①

"使它存在",这就是策兰立下的誓约。在倾心翻译曼德尔施塔姆的同期,策兰至少还写过两首献诗,一是这一首,因为很难了解那时苏联的真实情况,策兰想象曼氏有可能死于西伯利亚(曼氏实际上于1938年底死于押送至远东流放地的中转营里):"这些诗歌最深刻的标志,是其深奥和它们与时间达成的悲剧性协议,而这也标志着诗人自己的人生之路:二十世纪三十年代,在斯大林的'大清洗'中,他被驱逐到西伯利亚。他是否死在那里不得而知,或者如《泰晤士文学增刊》所宣称的,他后来回到了俄国被希特勒军队占领的地区,与那里的犹太人遭受着同样的命运,在这个问题上,谁也无法回答。"②

在另一首同年写的献给曼德尔施塔姆的长诗《一切,和你我料想的都不一样》中,出于最深刻、私密的生命认同,策兰视对曼氏的翻译

---

① 保罗·策兰.曼德尔施塔姆诗歌译后记[M].//保罗·策兰,等.带着来自塔露萨的书:王家新译诗集.北京:作家出版社,2014:317.
② 同上。

为一种亲人间的血肉置换、交融和生命的重新生长：

你从这名字的肩上卸下手臂，右肩，左肩，
你把你自己的嫁接在上面，以手，手指，诗行。

——而那分开的，又长在一起……

在这首哀歌中，在西伯利亚的冰风中，我们同样看到这样的生命置换、对话和交融，看到一种对流亡的共同命运的认领。

令人惊异的，是这首诗中千古般的寒彻冰风和由地质学、矿物学的语言所构成的"史前般"的意象。诗人要去辨认的，是"早先的星座"，是更古老、神秘的命运。我们知道策兰在创作中大量自造复合词和新词，而在这里，他居然把德语的"Rabe"（"乌鸦"）与"Schwan"（"天鹅"）合并为了这样一个意象："乌鸦之天鹅"！诗中的一切，也就处在这样一种奇异造物的凝视下了。

从艺术上看，这首诗本身就是一种"去人类化"的产物。"去人类化"或"去人类性"为西班牙理论家加塞特在《艺术的去人性化》中提出的一个重要概念，它意味着对西方人文传统的穿越和摆脱，乔治·斯坦纳也认为在一切伟大艺术中都包含了某种"去人性化"的"奥秘"，"它引领我们回到我们未曾到过的家"[①]。策兰的这首诗，也完全

[①] 乔治·斯坦纳.斯坦纳回忆录：审视后的生命[M].李根芳，译.杭州：浙江大学出版社，2012：85-90.

可以放在这样的视野下读解。他要穿过奥斯维辛之后人类文学语言"无意义的灰烬",进入"无名",以把生命重新置于原初的冰风和"千年——色泽之岩石"中,或者说,他要写的,就是死后的生命:"我也/露出铜绿/从我的唇上"。

无独有偶,曼德尔施塔姆流亡在沃罗涅日期间也曾留下这样的诗句:"我躺在大地深处,嘴唇还在蠕动"①。策兰那时还不可能读到曼氏的沃罗涅日诗抄(他译的40首诗都为曼氏的早中期诗),我们只能说这是惊人的类似。作为先知般的诗人,他们都是那种洞穿了生死和时间、可以"劫余的灵魂存活"的诗人。

这是怎样的一种诗?恐怕连兰波、马拉美都难以想象了。更为惊人的是诗的结尾:"那里我躺下并向你说话,/以剥去皮的/手指。"

阿甘本曾专门以一本书,《奥斯维辛的残余》(*Remnants of Auschwitz*),探讨奥斯维辛之后的文学。我不知道他是否读过策兰这首诗。读了这样的诗,也许他会专门另起一章了。

回到策兰这句诗:以"剥去皮的手指"对"你"说话——这不仅出自惨痛的生命体验(在策兰四十岁时写的《顺着忧郁的急流而下》一诗中,也有"四十棵被剥皮的/生命之树扎成木筏"这样的诗句),也是他要穿透一切所显现的"本质的遗骸"!

在《沉默的诗化转变:保罗·策兰和奥西普·曼德尔施塔姆的联结》一文中,伦纳德·奥尔施纳考察了两位诗人从沉默到言说、从言

---

① 奥西普·曼德尔施塔姆.我的世纪,我的野兽:曼德尔施塔姆诗选[M].王家新,译.广州:花城出版社,2016:197.

说到沉默的诗学历程,并具体分析了策兰翻译的曼氏的"愿我的嘴唇止于/原始的哑默"等诗句和诗篇①,但是,我想还是有着恐怖和流亡经验的阿多诺说得更为本质,也更有份量,在其《美学理论》中他指出:

"策兰的诗以沉默的方式表达了不可言说的恐惧,从而将其真理性内容转化为一种否定。……在一个死亡失去所有意义的世界上,非生物的语言是唯一的慰藉形式。这种向无机物的过渡,不仅体现在策兰的诗歌主题里,而且也体现在这些诗歌的密封结构中,从中可以重构出从恐怖到沉默的轨道"。②

策兰的这首《西伯利亚》正如此,他不仅从一位悲剧性的精神先驱那里受到激励,以"无机物"的、大屠杀后遗骸的语言"重构出从恐怖到沉默的轨道",而且为我们显现出永恒不屈的生命。从这个意义上,他的哀歌,也就是赞歌!

---

① OLSCHNER L. Poetic Mutations of Silence:at the Nexus of Paul Celan and Osip Mandelstam [M]. //Word Traces:Readings of Paul Celan. FIORETOS A, edit. Baltimore:the Johns Hopkins University Press,1994:369-385.
② ADORNO T W. Aesthetic Theory [M]. LENHARDT C,translate. London:Routledge and Kegan Paul,1984:444.

九

带着来自塔露萨的书

Und mit dem Buch aus Tarussa

Все поэты жиды
Marina Zwetajewa

Vom

Sternbild des Hundes, vom

Hellstern darin und der Zwerg-

leuchte, die mitwebt

an erdwärts gespiegelten Wegen,

von

Pilgerstäben, auch dort, von Südlichem, fremd

und nachtfasernah

wie unbestattete Worte,

streunend

im Bannkreis erreichter

Ziele und Stelen und Wiegen.

Von

Wahr- und Voraus- und Vorüber-zu-dir-,

von

Hinaufgesagtem,

das dort bereitliegt, einem

der eigenen Herzsteine gleich, die man ausspie

mitsamt ihren un-

verwüstlichen Uhrwerk, hinaus

in Unland und Unzeit. Von solchem

Ticken und Ticken inmitten

der Kies-Kuben mit

der auf Hyänenspur rückwärts,

aufwärts verfolgbaren

Ahnen-

reihe Derer-

vom-Namen-und-Seiner-

Rundschlucht.

Von

einem Baum, von einem.

Ja, auch von ihm. Und vom Wald um ihn her. Vom Wald

Unbetreten, vom

Gedanken, dem er entwuchs, als Laut

und Halblaut und Ablaut und Auslaut, skythisch

zusammengereimt

im Takt

der Verschlagenen-Schläfe,

mit

geatmeten Steppen-

halmen geschrieben ins Herz

der Stundenzäsur — in das Reich,

in der Reiche

weitestes, in

den Großbinnenreim

jenseits

der Stummvölker-Zone, in dich

Sprachwaage, Wortwaage, Heimat-

waage Exil.

Von diesem Baum, diesem Wald.

Von der Brücken-

quader, von der

er ins Leben hinüber-

prallte, flügge

von Wunden, — vom

Pont Mirabeau.

Wo die Oka nicht mitfließt. Et quels

amours! (Kyrillisches, Freunde, auch das

ritt ich über die Seine,

ritts übern Rhein.)

Von einem Brief, von ihm.

Vom Ein-Brief, vom Ost-Brief. Vom harten,

winzigen Worthaufen, vom

unbewaffneten Auge, das er

den drei

Gürtelsternen Orions — Jakobs-

stab, du,

abermals kommst du gegangen! —

zuführt auf der

Himmelskarte, die sich ihm aufschlug.

Vom Tisch, wo das geschah.

Von einem Wort, aus dem Haufen,

an dem er, der Tisch,

zur Ruderbank wurde, vom Oka-Fluß her

und den Wassern.

Vom Nebenwort, das

ein Ruderknecht nachknirscht, ins Spätsommerohr

seiner hell-
hörigen Dolle:

Kolchis.

And with the Book from Tarussa

> All poets are Jews
> — Marina Tsvetayeva

Of the

constellation of Canis, of the

bright-star in it and the dwarf-

light that also weaves

on roads mirrored earthwards,

of

pilgrim-staffs, there too, of the south, alien

and nightfiber-near

like unsepulchered words,

roaming

in the orbit of attained

goals and stelae and cradles.

Of things

sooth-said and fore-told and spoken over to you,

of things

talked upwards.

on the alert. akin to one

of one's own heart-stones, that one spewed out

together with their in-

destructible clock work, out

into unland and untime, Of such

ticking and ticking amid

the gravel-cubes with

(going back on a hyena spoor

traceable upwards)

the ancestral

line of Those-

of-the-Name-and-Its

Round-Abyss.

Of

a tree, of one.

Yes. of it too. And of the woods around it. Of the woods

Untrodden. of the

thought they grew from, as sound

and half-sound and changed sound and terminal sound, Scythian

rhymes

in the meter

of the temple and of the driven

with

breathed steppe-

grass written into the heart

of the hour-caesuras-into the realm,

the widest of

realms, into

the great internal rhyme

the zone of mute nations, into yourself

language-scale, word-scale, home-

scale of exile.

Of this tree. these woods.

Of the bridge's

broadstone, from which

he bounced across into

life, full-fledged

by wounds-of the

Pont Mirabeau.

Where the Oka doesn't flow, Et quels

amours! (Cyrillic, friends, I rode

this too across the Seine,

rode it across the Rhine.)

Of a letter, of it.
Of the one-letter, East-letter. Of the hard and
tiny word-heap, of the
unarmed eye that it
transmits to
belt-stars of Orion-Jacob's
staff, you,
once again you come walking! —
on the
celestial chart that opened for it.

Of the table where this happened.

Of a word, from the heap
on which it, the table
became a galley-seat, from the Oka River
and Its waters.

Of the passing word that
    a galley-slave gnash-echos, into the late-summer reeds
of his keen-

eared thole-pin:

Colchis.

(Translated by Joachim Neugroschel)

带着来自塔露萨的书[1]

> 所有诗人都是犹太人[2]
> ——玛琳娜·茨维塔耶娃

来自
大犬星座,[3] 来自
其中那颗明亮的星,和那
低矮的光晶,它也一起
映射在朝向大地的道路上,

来自
朝圣者的手杖,也在那里,来自南方,异乡
并临近夜晚之纱,
就像那些未安葬的词语,
漫游于
抵及的目标、墓碑
和摇篮的禁地。

来自
真实—预言的和走向你的事物,
来自

那向上诉说的,

已陈放在此,如同

一片独自的心石,吐出

与那牢不可破的钟表一起

向外吐出

乌有之乡和非时间。来自

滴答和滴答声,在

砾石立方中,

回到猎狗的足迹后,

向上可追寻

祖先的

名字

谱系和它的

圆形深渊。

来自

一棵树,一棵。

是的,也来自它。来自围绕它的森林,来自

未步入的森林,来自

那长出思想的地方,作为语音

半音、切换音和尾音,斯堪特人[4]式的

混合诗韵

以太阳穴的被驱送的

节奏

以

呼吸过的被践踏的

草茎,写入

时间的心隙——写入国度

那个最辽阔的

国度,写入那

伟大的内韵

越出

无言民族的区域,进入你

语言的衡度,词的衡度,家园的

衡度—流亡。

来自这棵树,这片森林。

来自那座桥

来自界石,从它

他跳起并越入

生命,创伤之展翅

——从这

米拉波桥。

那里奥卡河不流淌了。怎样的

爱啊![5](西里尔的字母[6],朋友们,我也曾

骑着它越过塞纳河,

越过莱茵河。)

来自一封信,来自它。

来自一书信,东方来信。来自坚硬的、

细微的词丛,来自

这未装备的眼,它传送至

那三颗

猎户座腰带之星——雅各的

手杖,你

再次行走了起来!——

行走在

这展开的天体海图上。

来自桌子,[7]让这一切发生的桌子。

来自一个词,词丛中的一个

靠着它,桌子,

成为了帆船板,从奥卡河

从它的河水们。

来自一个偏词,那

船夫的嚓嚓回声,进入夏末的芦管

他那灵敏的

桨架之耳:

Kolchis.[8]

注释

[1] 选自诗集《无人玫瑰》。1962年9月,策兰在巴黎收到《塔露萨作品集》(由著名苏联作家、批评家康·帕乌斯托夫斯基在"解冻时期"编选,1961年出版),该作品集收有茨维塔耶娃41首诗。塔露萨为莫斯科以南奥卡河边的一个艺术家小镇,茨维塔耶娃在那里度过了童年和少年。

[2] 原引诗为俄文,出自茨维塔耶娃《终结之诗》第12首:"在这基督教教化之地/诗人——都是犹太人!"

[3] 大犬星座为先民迷信的神秘星座。诗中"明亮的星"及"低矮的光晶"指其座内的天狼星和白矮星。

[4] 斯堪特人,古代住在黑海以北、俄罗斯以南的游牧民族。

[5] 这里的原文为法语,出自阿波里奈尔的名诗《米拉波桥》。

[6] 西里尔的字母,由希腊文演变出的几种斯拉夫语言。

[7] 茨维塔耶娃曾写有《书桌》组诗。

[8] Kolchis,科尔喀斯,古希腊传说中的王国,位于黑海之滨,英雄吕阿宋曾乘船到那里取金羊毛。另外,Kolchis也和策兰所喜欢的秋水仙花类(Kolchizin)发音接近。为保留原诗的丰富含义,这个词未译。

导读

  1962年9月,策兰在巴黎收到《塔露萨作品集》,第一次大量读到里面收录的茨维塔耶娃作品。在这之前,策兰曾翻译过曼德尔施塔姆,而茨维塔耶娃,对他来说无疑又是一个来自"同一星座"的诗人。正是这种激发,他很快写出了这首80行的长诗。

  策兰之所以有这样一次令人惊异的迸发,当然和他的全部生活有关系。1960年前后,在伊凡·戈尔遗孀克莱尔精心策划的"剽窃案"中,策兰感到自己不仅成了诋毁的对象,甚至也成了战后死灰复燃的反犹浪潮的牺牲品。正是这种经历,促使他不得不调整他与德语诗歌的关系。在读到茨维塔耶娃之前,他在一封信中就曾这样落款:"列夫之子保罗/俄国诗人,在德国的异教徒/终究不过是一个犹太人"。因此他不仅在诗前引用了茨维塔耶娃的"所有诗人都是犹太人",他还要把一本"来自塔露萨的书"带在身上。因为正如费尔斯蒂纳在策兰传中所说,他从中发现了一个朝向"东方的、家乡的、反日耳曼的家园"①。他生命中承受的深重创伤也可以"展翅"了。

  该诗的句法很特别,全诗十一节除了最后一节,诗前都由"Von"(表示从什么地方而来或从什么时间开始)引起,应译为"来自",但读完全诗之后,我意识到其实也可以把它理解为"向着"。因为在策兰

---

① FELSTINER J. Paul Celan: Poet, Survivor, Jew[M]. New Haven: Yale University Press, 2001: 127.

那里,诗的来源往往也是其返向之地,而这正是一首"来自他者"并"朝向他者"之诗。

正是置身于这种"来自"和"朝向"的双向运动,该诗的写作成为一次伟大的行旅和痛苦的超越。诗一开始就朝向了远方的大犬星座及座内明亮的"光晶"。这是一个永恒、神秘的世界。它们呈现,交错生辉,它们"映射在朝向大地的道路上"。它再次前来寻找它的诗人。

这样一个开始,气象宏伟,神秘,富有感召力。明亮的大犬星座高悬于前方,那是命运的定位,是对"天赋"的昭示,也是一个诗人对自身起源的辨认和回归。作为一个拥有更古老的精神基因的犹太诗人,在策兰那里,一直有着一种天文学与个人命运的隐秘对应。而诗一开始的这命运之星,也正和策兰自己的家园记忆联系在一起。策兰来自东欧的切诺维茨。历史的浩劫,不仅使世代生活在那里的犹太人所剩无几,也完全从地图上抹去了其存在,它真正变成了鬼魂之乡、乌有之乡。

这也就是为什么诗接下来会出现"未安葬的词语"。这"未安葬的词语"也就是他自己幸存的孤魂,他要跟随它漫游于返乡之途——那是"墓碑/和摇篮的禁地",是亲人和祖先的深渊,是"乌有之乡和非时间"。不过我们还应看到,这不仅是一般意义的还乡,这还体现了策兰作为一个诗人要从德语版图中偏离以重建自己精神谱系的艰巨努力。对此,著名作家库切在其关于策兰的文章《在丧失之中》中就曾指出:

"策兰从一个命中注定是犹太人的德语诗人,变成了一个命中注定要用德语写作的犹太诗人;他已从与里尔克和海德格尔的亲缘关系中成熟长大,而在卡夫卡和曼德尔施塔姆那里找到他真正的精神先人。"

卡夫卡和曼德尔施塔姆都是这种返乡途中的坐标,茨维塔耶娃也是。"每个名字都是那朝向终级名字的一步,正如打破的每一样东西都指向那不可打破者",这是策兰在犹太思想家马丁·布伯的书中曾记下的一句话①。《带着来自塔露萨的书》所显示的,正是这种带有终极意义的"返乡"。

从第四节开始,诗带我们进入一个流亡者的王国:它首先指向一个诗歌世界的生成:它来自一棵树,也来自围绕它的森林。可以说,这就是策兰的"诗观"。策兰当然会首先强调这个"一棵",因为它构成了诗的本体和内在起源。这是一棵使诗得以立足的树。而诗歌,在策兰看来,正是"围绕着个人独特的存在,以其永久的心跳向他自己的和世界的时日发出挑战"②。

而接下来的"斯堪特人式的",可以说是又一个重要隐喻。斯堪特人为古代移居在黑海以北、俄罗斯以南的游牧民族,所在区域包括策兰的出生地一带。这是一个不同语言文化相混杂的辽阔地带,因而斯堪特人的诗韵注定是一种"混合诗韵",策兰自己受到德、法、斯拉

---

① FELSTINER J. Paul Celan:Poet, Survivor, Jew[M]. New Haven:Yale University Press, 2001:152.
② 保罗·策兰.曼德尔施塔姆诗歌译后记[M].//保罗·策兰,等.带着来自塔露萨的书:王家新译诗集.北京:作家出版社,2014:317.

夫、犹太语言文化多种影响的诗也注定是一种"混合诗韵"。不仅如此,斯堪特人的地带又是一个饱受希特勒的第三帝国践踏的地带,因而那"被践踏的/草茎"接着也出现了。它也是对策兰自己的重要长诗《紧缩》(1959)一诗中"青草,/青草,/被分开书写"的再次呼应!

而策兰自己,正是要以这些被死亡和暴力所践踏的草茎写诗,要使那些受害者、沉默者和牺牲者通过他发出声音,"写入国度……写入那/伟大的内韵"。就这样,诗的节拍一浪浪涌来,到了"越出/无言民族的区域……"全诗进入一个超越的时刻。海德格尔一直在说写诗就是"去接受尺度",而这就是策兰的"尺度"——它已不仅是"语言的衡度"了,它更是"家园的/衡度—流亡"。

诗写到这里,那久久压抑的内在冲动就出现了:"来自那座桥……"米拉波桥为塞纳河上的一座桥,阿波里奈尔曾写过这座桥,策兰后来也正是从这座桥上投河自尽的。因而我把那桥上的石柱"Quader"译为"界石"。的确,这是生死之界,"创伤展翅"之所在!似乎走到这一步,策兰所一直忍受的创伤也变得要破茧而出了!

而紧接着,是一种诗的挪移和并置:"那里奥卡河不流淌了",好像在米拉波桥下流淌的已不是塞纳河,而是茨维塔耶娃的奥卡河了。这真是感人至深。也许正是爱,那满怀伤痛的爱,使奥卡河来到了米拉波桥下,并变得不流淌了。"怎样的/爱啊!"诗自身也发出了这样的感叹。原诗中,这句引语为法文,出自阿波里奈尔的《米拉波桥》。这可视为策兰对一直养育他的法语诗歌的一种回报。

而接下来,在这河流静止的一瞬,诗又开始飞翔了——是骑着"西里尔的字母"飞翔!曾有人因策兰的诗而联想到夏加尔的油画,的确,他们都是那种可以摆脱地心引力的人。"西里尔的字母"为从希腊文演变出的古斯拉夫语言。策兰受到这种语言的养育,他也曾把布洛克、叶赛宁、曼德尔施塔姆的诗译成德语,使它们越过塞纳河、越过莱茵河。如果说德语使他痛苦(因为那虽然是他的母语,但却又是杀害他母亲的刽子手的语言),法语使他温柔(他儿子从小说出的第一个法文词即是"花"),罗马尼亚语带着一种乡愁味,希伯来语为他透出神圣的光,而曼德尔施塔姆和茨维塔耶娃的俄语则带着他飞翔,飞向那"乌有之乡和非时间"!

信,"东方来信"!也许是来自东方家园友人的信,但从诗的意义上,更是来自曼德尔施塔姆的"瓶中信"(策兰深受曼氏这一隐喻的激发,在不莱梅文学奖获奖致辞中宣称"它可能什么时候在什么地点被冲上陆地,也许是心灵的陆地"①)。因而星空再次展现,这次是明亮、威武、腰带上佩着闪闪明星的猎户星座了,而雅各的手杖——犹太民族神话中那爱和神迹的象征,也再次叩响,并行走在展开的天体海图上!

我想,这也是策兰不同于其他西方诗人的独异之处:他要穿过后奥斯维辛、后工业时代巨大的"泄洪闸"(见《泄洪闸》一诗),让神灵的力量重新运行在他的想象力和语言之中。

然而,这其间仍有一种限定,就在想象力展开、诗的宇宙因之无限扩展之时,诗又落到了一件具体的事物上:"来自桌子,让这一切发生

---

① 保罗·策兰.保罗·策兰诗文选[M].王家新,芮虎,译.石家庄:河北教育出版社,2002:177.

的桌子"。这句诗在诗中单独自成一节,让人不能轻易放过。显然,这不是一张一般的桌子。这是一张"诗人之桌"。它承担了"诗的见证"。它让这一切发生。这是一个只能从语言中产生的神奇世界。

这是策兰的桌子,也是茨维塔耶娃的桌子。在茨维塔耶娃的诗中就不断出现书桌的意象,在流亡巴黎期间,她还专门写过一组诗《书桌》,感激那遍布伤痕而又无比忠实的书桌:"三十年在一起——比爱情更清澈"!①

有了这张诗人之桌,有了茨维塔耶娃歌唱的奥卡河,也就有了那顺流而来的"帆船板"——诗让这一切发生!"从奥卡河/从它的河水们",这里的"河水们"(Wassern),据原诗译出。不过,策兰在语言创造上更让我们惊异的,还在下一节诗:"来自一个偏词"。这里,就像他所杜撰的"晚词"(Spätwort)一样,策兰把"Neben"(在旁边,附近的,紧靠着的)和"Wort"(词)拼在一起,构成了一个新词。我琢磨再三,根据这节诗水中行舟的情景,也根据对策兰全部诗学的领会,把它译成了"偏词"。说实话,我也为这样来翻译而兴奋。

什么是"偏词"呢?策兰和茨维塔耶娃这样的诗人就是!读到这里,"所有诗人都是犹太人"也就不难理解了。策兰的创作之于德语诗歌,其独特意义也正在于它是一个"偏词"。

布罗茨基在论述茨维塔耶娃时也曾这样说:"她最终摆脱了俄国文学的主流终究是一件幸事。正如她所热爱的帕斯捷尔纳克所译的

---

① 玛丽娜·茨维塔耶娃.新年问候:茨维塔耶娃诗选[M].王家新,译.广州:花城出版社,2014:78.

她热爱的里尔克的一首诗所写的,这颗星,有如'教区边沿上最后一所房舍'的窗户里透出的灯光,使教区居民观念中的教区范围大大的扩展了。"①

如果这样来读,我们会更多地理解"偏词"这个词。策兰创造了这个词,不仅将语言陌生化了,它也成为了他自己与茨维塔耶娃的一个"接头暗号"。

还有"桨架之耳"这样精彩绝伦的隐喻!"Dolle"本来是固定船桨的耳形座架,策兰居然把它们转化为一个如此奇绝的诗歌隐喻。当船夫的嚓嚓回声进入夏末的芦管,他收起了双桨,以他那灵敏的"桨架之耳"屏息倾听——其实,这正是策兰所说的"换气"的一瞬。那么,他听到什么呢?他听到的就是在诗最后出现的那个词:Kolchis!

一个词,一个神示的地名,一种神秘的回声!Kolchis,科尔喀斯,位于黑海之滨,这不是一般的地名,这是古希腊传说中的王国,忒萨利亚王子吕阿宋曾乘船到那里取金羊毛,途中历尽了艰辛。策兰早期诗曾引用过吕阿宋的神话。另外,Kolchis这个地名和策兰所喜欢的、一再在他诗中出现的秋水仙花类(Kolchizin)的发音也很接近,他一定从中听到了某种神秘的回音。这是一种什么回音呢?而这,已不可解释了。

这就是策兰这首诗。它创造了一个诗的世界。它把我们最终带向"Kolchis",它是历史和语言中的存在,但它又是神话的、终极意义上的。

---

① BRODSKY J. A Poet and Prose, Less Than One[M]. New York:Farrar, Straus and Giroux,1987:94.

它告诉了我们什么叫作"创伤之展翅",同时,它也昭示着一条穿越语言和文化边界、穿越现实与神话的艰途。德里达曾称策兰创造了一种"移居的语言",策兰的诗,在他看来就是"我们这个充满移居、流亡、放逐的移居时代痛苦的范例"①。他还属于德语文学吗?属于。他属于德国文学中的"世界文学"——那种歌德意义上的"Weltliteratur"。

正因为如此,策兰的诗不仅是对"奥斯维辛"的一种反响。它还属于我们这个充满各种冲突、充满文化分裂、身份焦虑的时代。作为一个诗人,他的伟大,不仅在于他忠实于他的创伤,以他的生命喂养他的创伤,他还创造了一种奇异的"混合诗韵"。他的诗,必将在我们这个时代留下一阵阵"船夫的嚓嚓回声":它指向了一种诗的未来。

---

① DERRIDA J. Sovereignties in Question, The Poetics of Paul Celan[M]. DUTOIT T, PASANEN O, edit. New York: Fordham University Press, 2005: 100.

十
你可以

Du darfst mich getrost

mit Schnee bewirten:

sooft ich Schulter an Schulter

mit dem Maulbeerbaum schritt durch den Sommer,

schrie sein jüngstes

Blatt.

YOU MAY confidently

regale me with snow:

as often as I strode through summer

shoulder to shoulder with the mulberry tree,

its youngest leaf

shrieked.

(Translated by Pierre Joris)

你可以[1]

你可以充满信心地
用雪来款待我:
每当我与桑树并肩
缓缓穿过夏季,
它最嫩的叶片
尖叫。

注释

[1] 选自诗集《换气》。

导读

"你可以充满信心地／用雪来款待我",这真是一个"走到人类尽头"而又对死亡坦然相对的诗人才可以写出的诗句。在这首诗里,自然的意象成为人生的隐喻,带雪的冬天首先出现,但诗人所在的是葱茏的夏天,他与桑树并肩缓缓穿行,朝向那"雪的款待",而年轻生命绽放时发出的"尖叫"声却留住了他,并使这首诗停了下来。

但我们应留意到,在这首诗中意象的呈现还是空间性的:当我们读到最后,带雪的冬天并没有消失,而是和夏天的桑树一起呈现在我们眼前。我们的注意力就在这二者之间来回摆动。这种意象的并置和强烈对照,把我们置于人类生活更深邃的场景之中。

同时,我们还要留心于诗人的用词。首先是雪的"款待"(bewirten),这种对词的特殊运用,出人意外,也顿时带来了某种难以言说的"诗意"。而这意味着什么?意味着雪是一种赐予,或者意味着它由冰冷无情变得仁慈和慷慨了吗?总之,这需要反复体会。这个词的出现,也许需要一生的寒意。

另外就是诗最后的"尖叫"。全诗由雪、桑树、夏天转向它最嫩的叶片发出的"尖叫",并定格在这里,因此,这也是诗的重心所在。诗人由嫩叶绽放,想象它是在发出叫喊,这一下子调动了我们对生命的体验,比如,这让我们想起了儿童在成长期经常发出的尖叫。这样的尖叫表达着生之渴望,强烈、不可压抑,用伽达默尔的话说,它属于

"自然之声"。①

所幸的是,对这种生命绽放时发出的喊叫声,我们的汉语中有"尖叫"这个词:它不仅从声音上,也从视觉上很形象地传达了诗的感受:"尖",由小到大,对生命的渴望也愈来愈强烈了。

如果说嫩叶发出的尖叫声还好理解,那么"雪"呢?(让我们再一次回到"雪"。)它是一种来自天国的还是来自死亡的问候?我们已多次在策兰诗中遇到"雪",有时它伴随着一种生存之艰难,有时它体现了某种沉默,伽达默尔在解读这首诗时,还说它暗含着死亡主题。如果这样来读解,这首诗就是一种"向死而生"的诗了(海德格尔的原意是说人是一种"向着死亡的存在"②)。

但是,与其说"向死而生"或人是一种"向着死亡的存在",不如说死亡就在我们中间,死亡就和生命一起成长。再回到这首诗上,无论我们对生与死怎样看,这首诗都充分地借助了这两者的力量。它使我们在夏天与雪之间,在生之欲望与死之静穆之间,在尖叫与沉默之间来回摆动。我们留恋于生,但也要对人的"必死性"做好准备。我们视"雪的款待"为最终的回归,或对神明的最后接近,但新生的生命却一再地拽住了我们的衣角……

我们这样来读,完全有赖于诗中强烈锋利的对比。这是一种思想的并置和叠加,它产生了更为丰富深邃的内涵。

---

① GADAMER H G. Gadamer on Celan:"Who Am I and Who Are You?" and Other Essays[M]. HEINEMANN R, KRAJEWSKI B, translate. New York: State University of New York Press, 1997: 71.
② 阿兰·布托.海德格尔[M].吕一民,译.北京:商务印书馆,1996:35.

《你可以》为策兰 1967 年出版的诗集《换气》的第一首。全诗只有六行,简约而又耐读。"雪的款待"也就是"词的款待"。想要多的也没有。那些多余的东西早就被一意孤行的诗人抛开了。

重要的是,如诗集名"换气"所提示,它是"换气"的结晶。诗歌为一种"换气"——策兰把语言的创作归结到这里,为我们进入和读解诗歌提供了一个新的依据。呼吸,这是生命最内在的行为,是生命之所以维系、存在和更新的依据。这又让我联想到曼德尔施塔姆。曼氏曾声称在俄罗斯只有他一个人是用"声音"写诗,后来,当他被流放到沃罗涅日,他还曾写下这样的曾令阿赫玛托娃深受震动的诗句:"当我重新呼吸,你可以在我的声音里/听出大地——我的最后的武器……"①

曼氏的"当我重新呼吸",也就是策兰的"换气"。伽达默尔很富有诗学敏感,他在解读这首诗时,除了主题、意象的分析,也更多地从"换气"的角度进行了探讨:"这首诗对诗人说,同样对我们所有人说:寂静即是款待。它是在呼吸转换之间能听到的同样的安静……我不想否认,策兰不仅把呼吸的转换时刻——呼吸的暂时回转与平静的自制联系起来,同时他也允许低沉的希望带着每一份回复返回并发出共鸣。就像他在《子午线》中所说:'诗:可以意味着一种换气。'……这首诗是真正的开端之作,如同在音乐作品中,它用首调建立起理解整本诗集的关键。事实上,这本诗集中的诗作都如'呼吸的转换'那样

---

① 奥西普·曼德尔施塔姆.我的世纪,我的野兽:曼德尔施塔姆诗选[M].王家新,译.广州:花城出版社,2016:201.

寂静、可感。它们提供了对于生活最终的压缩的证明,同时,也代表了一种新生的复发的决心,或者更恰当地说,不是它的决心,而是达到可靠的语言形式的提升。"①

另外还需要在这里提及的,策兰这首诗是他 1963 年间在翻译莎士比亚十四行期间写下的。他译的莎士比亚十四行第五首中就主要写到雪和夏天。可以说莎士比亚的诗——它所包含的语言财富和对生与死的思考,对后人来说已是某种"款待"。

因而《你可以》中的"你",我想也可以和莎士比亚联系起来。它体现了策兰与一位经典诗人的跨时空对话。在策兰这里,"雪"与"桑树"并存,它们相互对峙而又相互映照、相互问候。"雪"也许来自于遥远的寒冷的英格兰,"桑树"则来自于诗人自己的生活——策兰翻译莎士比亚期间,和家人一起住在诺曼底的乡村别墅里,那里的花园里,就有一棵繁茂的桑树。当诗人在那里写作或翻译,他的七八岁的儿子埃里克,也许就在那棵桑树下发出成长的"尖叫"。

这一切都被折射进一首诗中,并被语言本身所吸收。

---

① GADAMER H G. Gadamer on Celan:"Who Am I and Who Are You?" and Other Essays [M]. HEINEMANN R, KRAJEWSKI B, translate. New York: State University of New York Press, 1997: 73-74.

十一
再没有沙的艺术

Keine Sandkunst mehr, kein Sandbuch, keine Meister.

Nichts erwürfelt. Wieviel

Stumme?

Siebenzehn.

Deine Frage — deine Antwort.

Dein Gesang, was weiß er?

Tiefimschnee,

       Iefimnee,

              I-i-e.

NO MORE SAND ART, no sand book, no masters.

Nothing on the dice. How many

mutes?

Seventeen.

Your question — your answer.

Your song, what does it know?

Deepinsnow,

      Eepinnow.

         E — i — o.

(Translated by John Felstiner)

再没有沙的艺术[1]

再没有沙的艺术,没有沙书,没有大师。

没有什么被骰子赢回。多少
哑了的?
十七个。

你的问题——你的回答。
你的歌,什么是它知道的?

Deepinsnow,
   Eepinnow,
     E — i — o.[2]

注释

[1] 选自诗集《换气》。
[2] 这一节很难汉译,所以取用了费尔斯蒂纳的英译,相信一些策兰的中文读者也能理解。

导读

"但诗人,创建那持存的东西",这是荷尔德林《追忆》一诗中的名句。在生存之艰难中,在时间的流逝中,什么才是一个诗人要创建的"持存的东西"?那就是语言,赐予一个诗人的语言。

但策兰却不是那种空泛地谈论语言的人。他高度的语言意识从来就和他对生存和表达困境的至深体验联系在一起。在他写于维也纳时期的《埃德加·热内与梦中之梦》中,他声称他要讲讲他在"深海里听到的词";在《不莱梅文学奖获奖致辞》(1958)中,他还认为"在所有丧失的事物中,只有一样东西还可以触及,还可以靠近和把握,那就是语言……"①

但是到了后来,策兰的创作已发生很大变化,他对语言困境的体验,也到了很惊人的程度。他的这首后期诗作的最后一段就无法翻译:

  Tiefimschnee,

    Iefimnee,

      I — i — e.

因此,我的译文的最后一节取了费尔斯蒂纳的英译,一是因为策

---

① CELAN P. Collected Prose[M]. WALDROP R, translate. Manchester:Carcanet Press,2003:34.

兰的汉语读者大都不同程度上懂一些英语;更重要的,费尔斯蒂纳的英译,像策兰那样拆解了字词,而又保持了韵律(为了给绝望押韵?),它的第一句 Deepinsnow,把三个词压在一起(可汉译为"深陷于雪"),但第二句就折解掉了 Deep 中的 D 和 Snow 中的 S(这就无法汉译了),最后一句则只剩下三个单独的孤立无援的 E—i—0。如果说它表达了什么,它表达了一个人"深陷于雪"时的那种愈来愈绝望的呼喊。

这就是说,费尔斯蒂纳的翻译,既使在韵律上也没有牺牲原文。

我们已读过《以一把可变的钥匙》。十多年后,策兰对一个诗人的语言困境的体验更难以言传了。"多少/哑了的?/十七个。"据说犹太教礼拜仪式一般由十八位祷告者组成。还有一位没有"哑"。但他从深陷的雪中发出的呼喊也几近一种谁都不懂的哑语!

"没有什么被骰子赢回",则显然是对马拉美的名诗《骰子一掷》的一种回应。马拉美当年对语言还有着一种信念,但到了策兰,除了死亡和虚无,再无别的"大师"。"再没有沙的艺术",则让人联想到策兰自己早期的作品《骨灰瓮之沙》。他再也不可能像以前那样写作了。

的确,那来自奥斯维辛的"死亡大师"似乎已摧毁了一切。奥斯维辛的幸存者、匈牙利犹太作家凯尔泰斯就曾如是说:"即使现在,有谁谈论文学?记录下最后的一阵挛痛,这就是一切"。①

---

① 凯尔泰斯·伊姆莱.另一个人:变形者札记[M].余泽民,译.北京:作家出版社,2003:81.

凯尔泰斯曾是策兰诗歌的匈牙利语译者。显然,这样的话可以帮助我们理解策兰。策兰之所以对语言进行如此的挑战,不仅迫于表达的困境,也正出自那种被历史的强暴碾进尘灰里时的至深至痛的体验。

"你的问题——你的回答。"问题是没有回答,越是追问就越是没有回答。在策兰的后期,他愈来愈深地进入到这种"回答的沉默"("the silence of answers")里了。

不过耐人寻味的是,"深陷于雪"的后期,恰恰是策兰创作最丰富,也最令人惊异的时期(从1963年到1970年,他出版了四部诗集,并在自杀前编定了《雪部》等诗集),或者说,是他不得不重新发现语言的时候。他"以夜的规定"重新命名了痛苦、荒诞的存在,也以一种惊人的创造性挑战着疲惫的语言。他对语言的颠覆、挖掘和重建,都到了如费尔斯蒂纳所说的:"驱使语言朝向一个出乎意外的革命性的边界。"①

而这个"边界",是一个语言破裂的"边界",也是一个充满危机的"边界"。正是在这样一个临界点上,策兰发出的声音才如此震动人心:"再没有沙的艺术,没有沙书,没有大师"!

这几乎就像是一口气喊出来似的。我想,这不仅出自策兰自己的某种绝望,也可视为他对全部艺术史、诗歌史的一个宣言。

这就需要我们以阿多诺的"晚期风格"来解读。在阿多诺看来,

---

① FELSTINER J. Preface [M].//CELAN P. Selected Poems and Prose of Paul Celan. New York:W·W·Norton,2001:5.

贝多芬的"晚期风格"首先是"危机的产物",始于他的"批判性天才",始于对已获得的"完成"的不满意。而他之所以认同这样的"晚期风格",是因为在一个充满危机的年代,我们也不可能拥有别的更真实的成熟。在这样一个时代,"圆满""和谐"等等之类,皆为自欺或虚荣。的确,还有谁比阿多诺看得更彻底呢,他这样指出:

"最高等艺术作品有别于他作之处不在其成功——它们成了什么功?——而在其如何失败。它们内部的难题,包括内在的美学的问题和社会的问题(在深处,这两种难题是重叠的),其设定方式使解决它们的尝试必定失败……那就是它的真理,它的'成功':它冲撞它自己的局限。……这法则决定了从'古典'到晚期的贝多芬的过渡"。①

这法则同样决定了策兰从早期到晚期的过渡。他的这首诗,就是痛苦过渡的产物。以阿多诺的眼光来看(这也是卡夫卡的眼光),它的艺术意义并不在于其成功,恰恰在于"如何失败"。正是在这样的"失败"里,如我们看到的,策兰的后期创作获得了一个更真实、更富于挑战性也更令人惊异的开始。

---

① 阿多诺.贝多芬:阿多诺的音乐哲学[M].彭淮栋,译.台北:联经出版公司,2009:187.

十二

凝 结

Coagula

Auch deine

Wunde, Rosa.

Und das Hörnerlicht deiner

Rumänischen Büffel

an Sternes Statt überm

Sandbett, im

redenden, rot-

aschengewaltigen

Kolben.

Coagula

Your wound

too, Rosa.

And the hornslight of your

Romanian buffaloes

in star's stead above the

sandbed, in the

talking, red-

ember-mighty

alembic.

(Translated by Pierre Joris)

凝结[1]

还有你的
伤口,罗莎。

而你的罗马尼亚野牛的
犄角的光
替代了那颗星
在沙床上,在
滔滔不绝的,红色——
灰烬般强悍的
枪托中。

注释

[1] 选自诗集《换气》。

导读

  诗题"Coagula",意思是凝结,尤其是指伤疤的凝结;"罗莎",会使人想到德国犹太裔左翼政治活动家罗莎·卢森堡(1871—1919),但为什么会出现"罗马尼亚野牛"呢?读过罗莎·卢森堡狱中通信的读者,有可能会难忘那一段文字,那是罗莎·卢森堡在狱中写信给朋友,向她描述了她曾看到的作为"战利品"的罗马尼亚公牛遭到士兵虐待的情形:"鲜血从一头幼兽'新鲜的伤口'中流淌而出,这野兽正(望向)前方,乌黑的面庞和温柔乌黑的眼睛看上去就像一个哭泣的孩子……我站在它的面前,那野兽看着我。泪水从我眼中淌下——这是它的眼泪。震惊中,我因着这平静的痛而抽搐,哀悼最亲密兄弟的伤痛的抽搐也莫过于此。"

  此外,卡夫卡小说《乡村医生》中的那个遭到残忍虐待的女仆也叫罗莎,而且这个故事是有关一个青年人的"伤口"。我们还不能忘的是,策兰本来就来自罗马尼亚。因此,那"罗马尼亚野牛"乃是他自己土地上的野牛,是和他自己血肉相连的生命。

  对于该诗,我们还是来看诗人自己的说法,在策兰写给他布加勒斯特时代的朋友彼得·所罗门的一封信里,他这样说:"在诗集《换气》第79页上,罗莎·卢森堡透过监狱栏杆所看到的罗马尼亚公牛和卡夫卡《乡村医生》中的三个词汇聚到一起,和罗莎这个名字汇聚到一起。我要让其凝结,我要尝试着让其凝结。"[①]

[①] 转引自:沃夫冈·埃梅里希.策兰传[M].梁晶晶,译.台北:倾向出版社,2009:11.

"我要让其凝结,我要尝试着让其凝结"——这是多么悲痛的诗歌努力,这已近乎一种呼喊了。

因为这种诗的"凝结",不是别的,乃是以血来凝结,以牺牲者的血来凝结。正如埃梅里希所指出:"(在)'伤'这个符号中,许多互不相干的地点、时间和人物被结为一体,在想像中被融合,继而被'凝结'成诗的文本质地。……一道想像中的线将一切聚合起来,这是一条牺牲者的子午线,它们正是诗的祭奠所在。两种'Coagula'——真实的血凝块和文字的凝结——是同一物的两面。"①

从策兰一生来看,他的创作正经历了某种从最初"美文的编织"到后来"血的凝结"这样一个过程。

这里,还遇到一个翻译的问题,原诗中的最后一个词"Kolben",在德语中含有棍棒、活塞、柱塞、枪托、烧瓶、蒸馏器等义,但目前我看到的三种较有影响的英译均为"alembic"或"retort",它们只有烧瓶、蒸馏器之义。这首诗的最后一个词"kolben"的确和策兰的"炼金术"(alchemical)有关,和象征主义、超现实主义所信奉的"炼金术"诗艺传统有关。在策兰之前的诗集《无人玫瑰》(1963)中也有一首题为"炼金术"的诗:"沉默,如熬炼过的金子,在/炭化了的/手中""大,灰色。没有/余渣"……

但是,这只是问题的一方面。皮埃尔·乔瑞斯虽然也把该诗最后的"Kolben"英译为"alembic",但他在该诗的注释中援引了德国哲学家奥托·波格勒(Otto Poggeler)的看法,波格勒认为该诗包含了策兰

---

① 沃夫冈·埃梅里希.策兰传[M].梁晶晶,译.台北:倾向出版社,2009:12.

的"炼金术"主题,但他同时又指出在这样的诗中,"炼金的艺术是一种副业"。①

波格勒看得很透彻,在这样的诗中语言的"炼金术"只是一种"副业"。策兰要真正表达的是什么?反复阅读该诗,根据罗莎·卢森堡狱中通信和策兰写给所罗门的信,我更倾向于在诗最后以"枪托击打"来翻译。目前我看到与这种译解相接近的,只有一种出现在安德斯·奥尔森论文中的英译"butt",指武器或工具的大端。②

让我们把全诗再读一遍,最让人受震动的,就是对受虐动物的描述。"还有你的/伤口,罗莎",策兰总是欲言又止的,他没有接着去写罗莎的伤口,而是把视线投向了那承受着"滔滔不绝"的枪托击打的罗马尼亚野牛。顺带说一下,在翻译时我还为找到了"滔滔不绝"这个汉语词而兴奋,原文"redend"为不停说话的意思,而"滔滔不绝"顿时加强了原诗的强度和修辞上的新奇性,它使声音(暴打声、咒骂声)、动作和对我们心灵的震撼同时到来!

其实,罗莎的伤口就内在于策兰的身体(他在几年后所写的《你躺在》一诗,再次写到了罗莎·卢森堡的被害)。而策兰之所以让我深深地认同,也正在于他不仅忠实于他自己的痛苦,他一生也一直和那些被损害者、被侮辱者、被压迫者站在一起。这就是他的政治,也是他的诗学。如同《带着来自塔露萨的书》一诗所显示的,他要以被死

---

① CELAN P. Breathturn[M]. JORIS P, translate. Las Vegas:Sun and Moon Press,1995:261.
② OLSSON A. Spectral Analysis:A Commentary on "Solve" and "Coagula"[M].//Word Traces:Readings of Paul Celan. DIORETOS A, edit. Baltimore:the Johns Hopkins University Press, 1994:269-273.

亡和暴力所践踏的草茎写诗,要使那些受害者、沉默者和牺牲者通过他发出声音。可以说,像尼采一样,他就是那个"抱着一匹被暴打的马"痛哭的人。

然而,诗中不仅有着对苦难和暴力的承受。请注意这句诗"你的罗马尼亚野牛的/犄角的光/替代了那颗星"(那颗星,也许就是策兰早期带有浪漫、神秘情调的诗中一再写到的星),这也正是全诗的一个重点——被伤害的罗莎从狱中朝那里看,写这首诗的诗人还有我们每个读到这首诗的人也都在朝那里看:那是一些最无辜、无助的受虐动物,但那也是最后的人性之光,在残暴的击打中,替代了那颗星,照耀着一位诗人。

十三
在你的晚脸前

Vor dein spätes Gesicht,

allein-

gängerisch zwischen

auch mich verwandelnden Nächten,

kam etwas zu stehen,

das schon einmal bei uns war, un-

berührt von Gedanken.

BEFORE YOUR LATE FACE

aloner

wandering between

nights that change me too,

something came to stand,

which was with us once already, un-

touched by thoughts.

(Translated by Pierre Joris)

在你的晚脸前[1]

在你的晚脸前,
那独行的
漫游在夜之间
这夜也改变了我,
某物出现,
它曾和我们一起,未被
思想触摸。

注释

[1] 选自诗集《换气》。

导读

"在很长一段时间里,对我而言,这首诗显得尤其难解,因为对于它到底在讲什么,有着极为广阔的阐释空间"①。伽达默尔在解读策兰这首诗时如是说。

一首看上去如此简单的诗,不仅显示了一种"幽灵般的感受力",而且也包含了对任何阐释的抵制。也许正因为如此,它也不时地萦绕着我。

首先引人注意的,当然是"晚脸"(spätes Gesicht/Late Face)这个突兀而又不同寻常的意象。对此我最初译为"晚来的脸",随着对策兰的世界更深入的进入,后来干脆译为"晚脸"。

不仅是"晚脸",在策兰中后期诗中还出现了"晚嘴"(Spätmund)、"晚词"(Spätwort)这类他自造的词语或意象。它关涉诗人在荷尔德林和里尔克之后,尤其是在"奥斯维辛"之后对自身创作的历史性定位。它们在诗学上的意义,还如德里达在谈论策兰时所说:"创造一个作品即是给语言一个新的身体,给语言以身体,为了语言的真理能够如是地出现,出现并且消失。"②

那么,"晚脸"呢?它更难阐述(德文"Gesicht"一词除"脸"外,还

---

① GADAMER H G. Gadamer on Celan:"Who Am I and Who Are You?" and Other Essays[M]. HEINEMANN R, KRAJEWSKI B, translate. New York: State University of New York Press, 1997: 87.
② DERRIDA J. Sovereignties in Question, The Poetics of Paul Celan[M]. DUTOIT T, PASANEN O, edit. New York: Fordham University Press, 2005: 106.

有"幻觉""预感""视力"等含义)。它带着自身的夜色、光晕和"全然的脆弱"出现,而又不可"被思想触摸"。它本身就是一个谜团,自我显示而又隐匿。

不独在策兰的诗里,在现代哲学那里,"脸"也成为一个关注的对象,如法国哲学家埃曼纽尔·莱维纳斯(他也曾写过关于策兰的文章)。如果说莱维纳斯的哲学以"面向他者"为核心,而"脸",正显现了存在与他者的神秘关系。在这位犹太裔哲人看来,整个欧洲传统哲学都倾向于"将他者缩减成自我","奥斯维辛"便是对"他者"的暴力体现。但是,有一种力量拒绝了同化和杀戮,"这便是脸的呈现"。①

这样,在莱维纳斯那里,对"脸"的关注就成为打开存在新的伦理维度的方式。"脸"不仅包含着道德戒律("脸的第一句话就是'不可杀人'"),它还带有形而上学的意味。"脸"是自我与他者的一种"相遇"(脸只有在面对面时才是脸)。"脸"也是一种言谈和表达,"脸言说,脸的显现就已经是一种言谈了",因此"语言开始于脸中"。在脸的显现中,是交流与语言质询的开端。

但是,莱维纳斯的"脸"却不是视觉可以把握的东西,虽然它具有某种"可见性"。它是一种灵显,是他者的纯粹表现。它当然与我们有关,但却不是我们的自我投影,而是带着全部的不可缩减的"他性"向我们提出要求。也正是在这个意义上,在无法解开的存在之链中,莱维纳斯称人为"他者的人质"。

---

① 转引自:孙向晨.面对他者:莱维纳斯哲学思想研究[M].上海:上海三联书店,2008.(以下对"脸"的阐述,参照了孙向晨对莱维纳斯的论述。)

现在,我们再来看策兰诗中的"晚脸":它被语言召唤了出来,但又显得若即若离。它的显现,使诗中的"独行者"由白日的统治进入夜的保护,进入到事物的亲密关系中,就在这透明的、似乎能解除任何分隔的夜里,"我"感到自身也被改变了,并且还有"某物"出现,而"它""曾和我们一起,未被/思想触摸"——这最后两句,就像一个警句式的"封印",使全诗骤然结束。

还需要注意的是,这里的"晚脸",是"你的晚脸",这使全诗置于"我与你"的对话和共存关系中。它虽然是一种无言的存在,而夜晚的一切都在它的注视下。它甚至使"某物"出现(这里的"某物"也带有一种不确定性),甚至会改变着我们。而这一切,都"未被思想触摸",也不可触摸。

但是,虽然"无法触及",但正是"在你的晚脸前",生命的亲密性被召唤了出来,诗中说话的"我"意识到自身,成为自身。这是一张"晚脸",但它终于显现。在某种意义上(如果不是过度阐释),我们还可以说这是一种"唤回"——它伴随着诗人的质疑和信仰的艰难复归。

因而伽达默尔在解读时会说,这首诗在使我们的自我意识"不断成长"的同时,又使我们"能够逐渐确认那一直存在的距离——那种与隐匿的上帝的距离,那种与最靠近我们的事物之间微茫的距离。"[1]

这一切,对我们生活在汉语世界里的读者多少会显得有些陌生难解(而这也正表明了"他者"对我们的意义)。我们没有一种"脸的形

---

[1] GADAMER H G. Gadamer on Celan: "Who Am I and Who Are You?" and Other Essays [M]. HEINEMANN R, KRAJEWSKI B, translate. New York: State University of New York Press, 1997: 89.

而上"。但是,在生命的暗夜中,不是同样有一张"脸"时时为我们显现吗?数千年来,在一代代诗人对另一张"脸"——"月亮"——的凝视中,我们又在辨认什么?是不是也在辨认一种"无名的面容"?

"晚脸"的昭示,即语言自身的昭示,存在自身的昭示。

十四

线太阳群

Fadensonnen

Über der grauschwarzen Ödnis.

Ein baum-

hoher Gedanke

greift sich den Lichtton: es sind

noch Lieder zu singen jenseits

der Menschen.

Threadsuns

above the grayblack wastes.

A tree-

high thought

grasps the light-note: there are

still songs to sing beyond

mankind.

(Translated by Pierre Joris)

线太阳群[1]

线太阳群
在灰黑的荒原之上。
一棵树——
高的思想
迎向光之音调:人类之外
那里依然有歌
在唱。

注释

[1]选自诗集《换气》。

导读

在策兰的后期诗作中,这是一首经常为人们所引用和谈论的诗。

关于这首诗,伽达默尔曾这样解读:"这首短诗丰富的情感描绘为我们展开了一片广阔的空间。……光线在一片灰黑色的荒野上展开,空间和距离交错变换……据诗中的意思看,'线太阳群'指的是已经不那么圆了的、变成了丝缕的光线的太阳……引人注目的是,'线太阳群'是复数形式——这个复数暗示着世界的无限广阔和无名。……于是,一种像树一样高的思想在这里产生了……它已经成长到了与这神圣的戏剧相称的程度,就像一棵树,已经到达了天空的高度。它撞击到了光影般的声响。以这种方式被碰触到的光影般声响,是一种歌声。……这便是这首诗的构建真正要表达的信息:'人类之外/那里依然有歌/在唱'。"①

这样的解读道出了我们读该诗时的直观感受,但这首收入诗集《换气》(1967)中的诗,还需要放在诗人后期整个诗学历程中来读。读了《带着来自塔露萨的书》(1962)等诗后我们已看到,策兰所承受的深重创伤,使他不得不调整他与德语诗歌的关系,不仅如此,他还要摆脱西方人文美学的"同一性"和"主宰语法",以朝向"未来北方的河流",朝向一个语言的异乡。

---

① GADAMER H G. Gadamer on Celan:"Who Am I and Who Are You?" and Other Essays [M]. HEINEMANN R, KRAJEWSKI B, translate. New York:State University of New York Press, 1997:112.

在这种层面上,乔瑞斯对该诗的解读就很有洞察力。在他看来,策兰的"线太阳群",就是继诗人"换气"后所展示的新的尺度——一种后奥斯维辛的美学尺度:"这些线的太阳群交迭进入词语,显示出延伸的线,它们比一般的线'thread'更丰富,它们还带有英语中'fathom'一词中的某种意思,即'测深线'。……因此,这线是测量空间的,或是'声测'深度的(诗中提到了'光的音调'或声音),也许,这线就是一种尺度,一种对世界和诗歌来说新的尺度。"①

这样的解读富有纵深感,也更能帮助我们从整体上把握策兰后期创作的趋向。

《线太阳群》在中文世界里已有数个不同的译本。"Fadensonnen"为策兰把"Faden"("线")与"Sonnen"("太阳"的复数形式)拼在一起创造出的一个奇异意象,我们忠实于策兰的诗学意图和独特句法,把它译为"线太阳群"。诗人张枣把它译为"棉线太阳"②,显然和他自己的美学情调有很大关系,但已脱离了原文,原文中的"Faden"就是"线",不是什么"棉线","太阳"也是复数形式(与此相关,张枣把原文中的"Ein baum-/hoher Gedanke"译为"一棵树——高贵的思想",这也偏离了原文,因为策兰的"一棵树——高的思想",显然是对里尔克《献给俄耳甫斯的十四行》的著名开篇"俄耳甫斯在歌唱!一棵高

---

① CELAN P. Threadsuns[M]. JORIS P, translate. Las Vegas:Sun and Moon Press,2000:16.
② 保罗·策兰,等.张枣译诗[M].张枣,译.颜炼军,编选.北京:人民文学出版社,2015:4.

树在耳中"的反响)。至于诗人北岛,也曾指责我们译的"线太阳群"为"生译硬译""让人摸不着头脑,其实就是串成线的太阳"。①

看来,北岛要求的是"好懂",而我们的原则是"忠实"——从策兰的内在意图到其句法,都必须忠实。我们要译出的,就是"线太阳群"这一奇异的意象,具体的解读和阐释则是读者的事。

回到"线太阳群"这一意象,即使我们没有读到乔瑞斯的解读,也会直觉到在"灰黑的荒原"上高悬、延伸的"线太阳群"带有某种测线和尺度的意味。线太阳群、灰黑的荒原、俄耳甫斯的高树,这不仅是一幅奇异的画面,也是一个诗人来到某个临界点上所看到的一切。而在这以后,一切可能都不一样了。

而这,也可视为是策兰对曼德尔施塔姆的一次回赠。在写出该诗的七八年前,策兰曾把曼氏写给母亲的挽歌《这个夜晚不可赎回》中的"在耶路撒冷的城门前,一轮黑色的太阳升起"译为"一些太阳,黑色,燃起在/耶路撒冷前"("Sonnen, schwarz, die sich entfachen vor Jerusalem")。这里,单数的太阳变成了更为可怖的复数,"升起"变为"燃起",过去时变为了现在时,变成了永不终结的奥斯维辛时代的风景!(这里顺带说一下,策兰的"黑色太阳群"已很有影响了,一本德语国家战后诗选即以此为书名。)

的确,这是后奥斯维辛的"线太阳群"。这也是策兰自历史的巨大灾变后所确立的一种新的诗学尺度。海德格尔一直认为"写诗就是去迎接尺度"。策兰的尺度显然与海德格尔的有很大差别了。"人

---

① 北岛.策兰:是石头要开花的时候了[J].收获,2004,4.

类之外/那里依然有歌/在唱",这里的"人类之外",在乔瑞斯看来,就是"在传统的人文主义美学的范畴之外。策兰的写作就朝向这样一种后美学、后人文主义"。

这种"后美学、后人文主义的尺度",我们还需要借助于阿多诺这样的思想家来读解。作为一个犹太裔思想家,阿多诺比其他任何人都更深刻地看到"奥斯维辛"的"划时代"的可怕性质。在他的文字中频频出现的就是"恐怖"这个字眼。如果说从古希腊以来人们一直认为哲学的起源是惊奇,到了阿多诺,哲学的起源恐怕不再是惊奇,而是恐怖了。

这就是说,在"奥斯维辛"之后,恐怖成了哲学的缪斯。

至于策兰的诗,阿多诺也主要是从这样的角度来肯定的。如果说西方文化和哲学的"同一性"是导致"奥斯维辛"的深层祸因,那么他在策兰诗中探寻的,正是"非同一性"的痕迹和"抵抗的潜力"。

策兰对此当然是高度自觉的。他之所以要走上一条"远艺术"("inartistic",这是策兰在同巴赫曼的通信中的一个说法①)的路,正和他要摆脱西方人文、美学传统"同一性"的控制、唱出"人类之外的歌"有关。

策兰是决绝和孤傲的。"人类之外/那里依然有歌/在唱",这也是他再次获得的人生与艺术的信念(正因为如此,他把本来收在1967年出版的诗集《换气》中的这首诗,又作为了1968年出版的一本新诗

---

① 保罗·策兰,英格褒·巴赫曼.心的岁月:策兰、巴赫曼书信集[M].芮虎,王家新,译.北京:中国人民大学出版社,2013:374.

集《线太阳群》的集名)。从某种意义上,这也正是他对阿多诺关于"奥斯维辛"之后写诗是否可能的一种回答——不仅是对阿多诺本人,还是对整个时代的回答了。

十五

以歌的桅杆驶向大地

Mit erdwärts gesungenen Masten

fahren die Himmelwracks.

In dieses Holzlied

Beißt du dich fest mit den Zähnen.

Du bist der liedfeste

Wimpel.

WHAT MASTS SUNG EARTHWAOEDS,

heaven's wrecks are sailing.

Into this wood-song

you firmly sink your teeth.

You are the song-firm

pennant.

(Translated by Richard Heinemann and Bruce Krajewski)

以歌的桅杆驶向大地[1]

以歌的桅杆驶向大地
天国的残骸航行。

进入这支木头歌里
你用牙齿紧紧咬住。

你是那系紧歌声的
三角旗。

注释

[1] 选自诗集《换气》。

导读

对策兰的这首晚期诗作,伽达默尔这样解读:"短短的三节诗描绘出一场海难的情景,但它从一开始就转变成另外一种事故。它是天国里的船只失事。这样的船只事故在我们的想象中总是意味着某种隐喻:所有希望的粉碎。这是一个古老的主题。在这首诗里,诗人也祈求着那些粉碎了的希望。但是作为天国里的船只失事,那却是完全不同的一个范围。它的残骸的桅杆朝向了大地,而不是处在其上。由此,一个人会回想起策兰在《子午线》演讲里所讲过的一句深奥的话:'无论谁以他的头站立,就会看到天国是在他下面的一个深渊'。"①

《子午线》是策兰的毕希纳奖获奖演说,在演说中策兰提到了毕希纳的以歌德时代的诗人棱茨为原型的小说《棱茨》的开头:"1月20日这天,棱茨走在山中……让他苦恼的是,他不能用头倒立着走路"。接着,策兰由此发挥说:"女士们,先生们,无论谁以他的头倒立着走,就会看到天空是在他下面的一个深渊。"

让我们惊异的是,棱茨当年没有做到的,策兰做到了。可以说,是"奥斯维辛"和他此后所经历的一切让他完成了这个天翻地转的逆转。

---

① GADAMER H G. Gadamer on Celan:"Who Am I and Who Are You?" and Other Essays [M]. HEINEMANN R, KRAJEWSKI B, translate. New York: State University of New York Press, 1997: 99.

"一件事很清楚:这些桅杆发出了歌声。它们是歌,但不是那种朝向'之上'或'之外'性质的歌……一个人不再从天国寻求帮助,而是从大地。所有的船只都遇难了,然而歌依然在那里。现在,生命之歌依然重新唱起,当那桅杆移动着朝向大地。所以诗人会用他的牙齿紧紧咬进这支'木头歌'里……这里,再一次,在诗人和人类存在之间没有什么区分,人类存在,是一种要以每一阵最后的力气把握住希望的存在。"①

对策兰的这首诗,伽达默尔最后这样说。他不仅深深进入了这首诗,他的眼光也是很敏锐的:"它们是歌,但不是那种朝向'之上'或'之外'性质的歌……一个人不再从天国寻求帮助,而是从大地。"大地从来就是根基性的。如果说策兰早期的思想也带有某种乌托邦的性质(像他同时代的很多欧洲知识分子和艺术家一样),在经历了"奥斯维辛"的恐怖和"左翼"社会理想的幻灭之后,他再一次朝向了"大地"。他的一首晚期诗《我听见斧头开花》(《雪部》,1971)也印证了这一点:"我听见斧头开花""我听见他们呼唤生活/那唯一的庇护"。斧头开花,并非神迹,而是苦难中的人性生命显现,而人们在死亡中所呼唤的"生活"(该诗中还有"我听见那只瞅着他的面包/治愈被吊死的男人"这样的诗句),才是神恩所在,它甚至成了"唯一的庇护"。

但全诗更为感人的,还在于后两节。"进入这支木头歌里/你用

---

① GADAMER H G. Gadamer on Celan:"Who Am I and Who Are You?" and Other Essays[M]. HEINEMANN R, KRAJEWSKI B, translate. New York:State University of New York Press, 1997:100.

牙齿紧紧咬住",我们从中感到的,乃是一种艰难逆境中极度的努力。这说明诗人"认命"了,但还没有"弃绝"。在《偶然的暗记》(《线太阳群》,1968)中,诗人也写到了"牙齿":"狮子,/你唱吧,来自牙齿与灵魂的/人类歌,两者都很/坚硬"。这说明对这样一位诗人来说,活到最后,那些空洞的思想都不管用了,他只能寄期望于他那紧紧咬住的"牙齿"。

至于在"你是那系紧歌声的/三角旗"这样的诗句中,我们不仅听到了一种语言的猎猎之声,也让人想到了诗人在《子午线》演说中所说的:"诗歌在一个边缘上把握着它的立身之地。为了忍受住,它不住地召唤,把它自己从'已然不再'(already-no-more)拽回到'还在这里'(Still-here)。"①

一首三节的短诗,几乎成为诗人一生的写照。从早年死亡的大屠杀对"所有希望的粉碎",到后来对"木头歌"的"紧紧咬住",策兰一直在承受和坚持。今天读来,他的这首诗也就是他对"诗人何为"这类问题的一个回答。他要系紧的"歌声",我们今天还要尽全部生命去系。

---

① CELAN P. Collected Prose[M]. WALDROP R, translate. Manchester: Carcanet Press, 2003: 49.

十六
法兰克福,九月

Frankfurt, September

Blinde, licht-
bärtige Stellwand.
Ein Maikäfertraum
leuchtet sie aus.

Dahinter, klagegerastert,
tut sich Freuds Stirn auf,

die draußen
hartgeschwiegene Träne
schießt an mit dem Satz:
»Zum letzten-
mal Psycho-
logie.«

Die Simili-
Dohle
Frühstückt.

Der Kehlkopfverschlusslaut
singt.

Frankfurt, September

Blind, light-

bearded display panel.

A Maybeetle dream

illumines it.

Behind, in mourning halftone,

Freud's brow opens up,

the outward

hard-silenced tear

breaks out with a phrase:

"For the last

time psycho-

logy."

The simulate

jackdaw

breakfasts.

The glottal stop

sings.

(Translated by John Felstiner)

法兰克福,九月[1]

盲目,光——
胡须的镶板。
被金龟子之梦
映亮。

背后,哀怨的光栅,
弗洛依德的额头打开,

外面
那坚硬、沉默之泪
与这句话摔在一起:
"为这最后一次
心理—
学。"

这冒充的
寒鸦
之早餐,

喉头爆破音
在唱。

注释

[1] 选自诗集《线太阳群》。

导读

该诗源于一次法兰克福书展,尤其是书展上弗洛依德、卡夫卡等德语犹太作家的著作和命运对诗人的触动。诗的题目及开头部分,也隐含着诗人对自己几年前写下的《图宾根,一月》一诗的呼应(《图宾根,一月》的开头即是"眼睛说服了/盲目",后来还提到了荷尔德林那种"族长的稀疏胡须");诗中间的"为这最后一次/心理—/学",则指向了卡夫卡,他曾对精神病治疗表示过深深怀疑。寒鸦是卡夫卡的自喻,同时也是他父亲在布拉格所开的商铺的标徽。最后,一个更重要的细节是:卡夫卡死于喉结核。

这首诗我主要是依据费尔斯蒂纳的译本并参照德文原诗译出。我没有想到,并且使我受到震动的是,波波夫和麦克休在《喉头爆破音:101首策兰的诗》的序文中把"喉头爆破音"与策兰母亲的死联系了起来!让我们来看看他们是怎样说的:

"声门不是一件东西而是一种空隙:一个声带之间的空间。喉头爆破音,用韦伯斯特的话说,'一种由瞬间完成的声门关闭所产生的说话的声音,随之被爆破声所释放'。策兰在《法兰克福,九月》的结尾运用了这一概念:'喉头爆破音/在唱'。在这首诗中,每个障碍物系列引起了相应的表达,盲目之于光辉,哀悼之于超越的心智,喉头爆破音之于歌诗……策兰的诗往往指向母亲在集中营的死这一主旨:她死于喉管的枪伤。如果发音出于枪洞的裂口,涌出的会是血:这敏感脆弱的部位也正是诗的产生之处。"①

　　这样的阐释对我们当然是一个重要的、富有激发性的提示。但我想,不仅是母亲在集中营的惨死,策兰所经历的一切,都会作用于他的诗学:荷尔德林的疯癫、卡夫卡的喉结核、"戈尔事件"所带来的伤害、存在之不可言说和世界之"不可读",等等,都会深深作用于他的诗的发音。

　　"为这最后一次/心理—/学"。同卡夫卡一样,策兰不相信心理学、精神治疗之类,他对多次被强行送去精神治疗感到愤怒,认为是一种身心摧毁,其目的是使他精神崩溃。因此,在原诗中,他有意把心理学这一术语拆解成"Psycho-logie",并移行排列,为这首诗最后的语言破裂做出了铺垫。

　　同时我们看到,策兰一直都在试图进入如他自己所说的"自身存在的倾斜度下、自身生物的倾斜度下讲述"②,一直在寻求最精确、独到的表达及其隐喻。他的早期诗作《距离颂》中就有着"被勒紧的脖子使绳索窒息"这样的诗句,而到了这首《法兰克福,九月》的最后,则再一次集中于一个诗人的喉头(当然那是一只"寒鸦"的与一个诗人的喉头的重叠)。波波夫和麦克休是对的,母亲的脖颈被纳粹子弹洞穿的形象会永远浮现在诗人眼前,也必然会作用于诗人的意象选取。

---

① CELAN P. Glottal stop, 101 Poems [M]. POPOV N, MCHUGH H, translate. Middletown: Wesleyan University Press, 2000: 3.
② 保罗·策兰.保罗·策兰诗文选[M].王家新,芮虎,译.石家庄:河北教育出版社,2000:193.

不仅在这首诗里,在其他晚期诗作中,策兰都一再写到这个最隐秘的生命部位,如《什么也没有》中的那个"在喉咙里带着／虚弱、荒凉的母亲气息"的孤单孩子,如《你如何在我里面死去》中"在最后穿戴破的／呼吸的结里／你,插入／生命的碎片"这样的诗句,等等。

然而,也正是在这被历史的强暴"勒紧"或"碾压进灰烬里"的一刻,语言发出了它最微弱、但同时也是最震动人心的声音——"喉头爆破音",哪怕在这之后是无尽的沉默。

在《沉默的诗化转变:保罗·策兰和奥西普·曼德尔施塔姆的联结》中,奥尔施纳考察了两位诗人"从沉默的语言到语言的沉默"("from the language of silence to the silencing of language")这一历程,只是他还未能注意到《法兰克福,九月》这首诗。如果说声音与寂静、沉默与言说一直是诗学探讨的一个领域,策兰的"喉头爆破音",就是其间一个更尖锐的标记。策兰的后期,就是一位以"喉头爆破音""在唱"的诗人。

十七

我仍可以看你

ICH KANN DICH NOCH SEHN: ein Echo

ertastbar mit Fühl-

wörtern, am Abschieds-

grat.

Dein Gesicht scheut leise,

wenn es auf einmal

lampenhaft hell wird

in mir, an der Stelle,

wo man am schmerzlichsten Nie sagt.

I CAN STILL SEE YOU: an Echo,

that can be groped towards with antenna

words, on the ridge of

parting.

Your face quietly shies,

when suddenly

there is lamplike brightness

inside me, just at the point,

where most painfully one says, Never.

(Translated by Michael Hamburger)

我仍可以看你[1]

我仍可以看你：一个回声，
可用感觉的词语
触摸，在告别的
山脊。

你的脸略带羞涩
当突然地
一个灯一般的闪亮
在我心中，正好在那里
一个最痛苦的在说，永不

注释

[1] 选自诗集《光之逼迫》。

导读

这首诗给人以一种清醒的梦魇之感,或一种在黑暗中痛苦摸索、探询之感。在诗人所进入的词语中,生与死的界限被取消了:"我仍可以看你"。而这个"你"是谁?一位黑暗中的天使?另一个自己?死去母亲的魂灵?一位永不现身的对话者?死亡?上帝?难怪伽达默尔解读策兰的长文就叫《而我是谁?你又是谁?》。

总之,在策兰的诗中,一直有这样一个"你"。据有人统计,在策兰诗中"你"(du)出现了1300多次。他的诗,往往就在"我与你"这种关系中展开。而他后期诗作中的"你",又往往比早期诗中的"你"更黑暗,也更难以辨认。

但无论怎样看,策兰诗中的"你"都是不可或缺的。在这首晚期的诗中,不仅"我仍可以看你",也正是"你"的出现,让我们听到了全诗最后那更为内在、痛苦的声音。

这就使我们想到了德国犹太宗教思想家马丁·布伯(1878—1965)。马丁·布伯的《我与你》已在世界上产生了深刻、持久的影响。有学者这样论述:在马丁·布伯那里有两种基本关系:一个是"我—你"(Ich–Du),一个是"我—它"(Ich–Es)。"我—它"中的"它"(亦可替换为"他"或"她")只是"我"(主体)认识和利用的对象(客体),"我—你"才属于本质性的关系世界。只有在"我—你"中才存在真正的相遇与对话。这种相遇打开了个体存在的维度,因为有"你"存在,"我"才成之为"我";"你"成为当下时,现时方会显现;而

"你"的出现也会因"我"而成就。在这种本体论性质的关系中,"你"便是世界,便是生命,便是神明。人必得倾其全部生命来称述"你",在实现"我"的过程中讲出"你",接近"你"。①

显然,这种意义上的"我与你"已远远超出一般的关系,它指向了一种绝对意义上的生命对话、相遇及其相互归属。

策兰创作中的"我与你",无疑受到马丁·布伯的影响。据传记材料,策兰一直视马丁·布伯为精神导师,在布伯的书中也曾记下这样的话:"灵魂不在'我'之中,而在'我'与'你'之间"②。当然,我们更要看到,是策兰自己的全部生活把他推向了这种"我与你"的相互辨认和对话。在他的诗中,甚至他与他切身面对的"死亡",也构成了这种"我与你"的关系:

你曾是我的死亡

你,我可以握住

当一切从我这里失去的时候

这是策兰的一首晚期诗。这和一般的"死亡玄学"不一样。死亡在策兰这里,首先是一件伴随他、环绕着他的物理般的事实,也正是在对死亡的至深体验中,他与之建立了这种"面对面"的关系。

---

① 方维规.叙言:我和你[M].//思想与方法:全球化时代中西对话的可能.北京:北京大学出版社,2014.
② FELSTINER J. Paul Celan:Poet, Survivor, Jew[M]. New Haven:Yale University Press, 2001:141.

总的来看,策兰诗中的"我与你"各有其特定的上下文。但无论怎样看,都和他的个人存在有一种深刻关系。这不仅带来了一种内在的亲密性,那也是他诗的依托,人生的依托。

然而人的拯救并非那么容易。"我仍可以看你",这里的"你",可以读解为一位"远去的神",一个早已起身告辞的灵魂,诗中的叙述人庆幸自己还可以看到,还没有被完全抛弃,还可以在告别的山脊触摸到那远去的回声:这里的一个"仍"字,带出了一道长长的人生曲线。然而更使人震动的是诗的第二段,"你的脸略带羞怯",为什么羞怯?这也许就是莱维纳斯指出过的"他者之脸"的性质:它不愿被惊动,更不会被占有。甚至我们也可以把这一句视为诗人那死去母亲的脸庞的灵显:她永远绻缩在自身的痛苦之中。因而,当这样一位隐匿的"你"的现身唤醒了诗人,一声更内在的、模糊而又痛苦的声音被听到了,那就是"永不"!

正是这一声"永不"(虽然它也带着理解的难度和歧义性),陡然显现出诗的深度;或者说,"一个灯一般的闪亮",终于照亮了生命中的那个痛苦的内核。

策兰是一位从不轻易说"是"的诗人。正是这一声"永不",拒绝了虚幻的拯救。而这,也许就是拯救。

十八
托特瑙山

Todtnauberg

Arnika, Augentrost, der

Trunk aus dem Brunnen mit dem

Sternwürfel drauf,

in der

Hütte,

die in das Buch

— wessen Namen nahms auf

vor dem meinen? —

die in dies Buch

geschriebene Zeile von

einer Hoffnung, heute,

auf eines Denkenden

(un-

Gesäumet kommendes)

Wort

im Herzen,

Waldwasen, uneingeebnet,

Orchis und Orchis, einzeln,

Krudes, später, im Fahren
deutlich,

der uns fährt, der Mensch,
der's mit anhört,

die halb-
beschrittenen Knüppel-
pfade im Hochmoor,

Feuchtes,
viel.

Todtnauberg

Arnica, Eyebright, the

draft from the well with the

star-die on top,

in the

hut,

written in the book

— whose name did it take in

before mine? —

the line written into

this book about

a hope, today,

for a thinker's

(un-

delayed coming)

word

in the heart,

woodland turf, unleveled,

Orchis and Orchis, singly,

crudeness, later, while driving,
clearly,

the one driving us, the man,
who hears it too,

the half-
trodden log-
paths on high moorland,

dampness,
much.

(Translated by John Felstiner)

托特瑙山[1]

金车草,小米叶,
从井中汲来的泉水
覆盖着星粒。

在
小木屋里,

题赠簿里
——谁的名字留在
我的前面?——,
那字行撰写在
簿里,带着
希望,今天,
一个思者的
(不再踌躇的
走来)
之语
存于心中,

森林草地,不平整,

红门兰与红门兰,零星,

生疏之物,后来,在途中,
变得清楚,

那个接送我们的人,
也在倾听,

这走到半途的
圆木小径
在高沼地里,

非常
潮湿。

注释

[1] 选自诗集《光之逼迫》。托特瑙山位于弗莱堡附近,为滑雪胜地,德国哲学家海德格尔在该山上有一座小木屋。

导读

这是一首"即兴写生"或"抒情速记"式的诗,却引起了广泛的关注和众多不同的解读。

在策兰研究中,策兰与海德格尔的关系一直是一个热点。他们一个是卓越的诗人,一个是哲学大师;一个是父母惨死于集中营的幸存者,一个则是曾对纳粹效忠并在战后一直保持沉默的"老顽固"。因此他们的关系不仅涉及到"诗与思"的对话,还紧紧抓住了战后西方思想界、文学界所关注的很多问题。的确,只要把"策兰"与"海德格尔"这两个名字联系起来,就具有了某种象征意义。

正如人们所知,策兰的早期创作受到过海氏的影响,但这完全是有自身根源的,正如有人所指出:"在策兰逐渐成长为一名诗人的过程中,在没有阅读海德格尔的情况下,他已经是一个正在成长的海德格尔了。"①

海德格尔之所以吸引了策兰,一是他的"存在主义"哲学,一是他对荷尔德林、里尔克等诗人的阐释。可以说,海氏的影响,对策兰由早期的超现实主义抒情诗转向一种德国式的"存在之诗",起了重要、深刻的作用。

但是在后来,除了思想上的分歧和差异,海德格尔与纳粹的历史

---

① 詹姆斯·K·林恩.策兰与海德格尔:一场悬而未决的对话[M].李春,译.北京:北京大学出版社,2010:4.

关系显然也是策兰的一个无法克服的障碍。在近年出版的巴赫曼、策兰书信集中,就记载着策兰拒绝给海德格尔生日庆祝专辑写诗这一重要事件。

纵然策兰在态度上很决绝,但他在思想上却无法摆脱与海德格尔的关联。据哲学家奥托·珀格勒回忆,策兰曾在他面前为海氏的后期哲学辩护,1961年间,策兰也托他向海氏寄赠过诗集《言语栅栏》,并在题献下附有几句诗:"荨麻路上传来的声音:/从你的手上走近我们,/无论谁独自和灯守在一起,/只有从手上阅读。"

这四行诗出自策兰的组诗《声音》。其中"手"的形象,既是对海氏"思想是一件手艺活"的反响,也体现了策兰对诗人写作的思索。在1960年间给汉斯·本德尔的信中他也这样说:"技艺意味着手工,是一件手的劳作。这些手必须属于一个具体的人,等等。一个独特的、人的灵魂以它的声音和沉默摸索着它的路。只有真实的手写真实的诗。在握手与一首诗之间,我看不出有任何本质的区别。"[1]

无论对这样的诗怎样阐释,策兰期待与海氏有一次真实的"握手",这是可以肯定的。

这样的时刻终于到来,并被铭刻进了历史,它甚至被人们称为"一场划时代的相遇",这就是1967年7月25日年策兰与海氏在托特瑙山上的会面。据萨弗兰斯基在《海德格尔传》(第564—566页)中描述,1967年7月24日,策兰应鲍曼邀请赴弗莱堡大学朗诵。在这之

---

[1] CELAN P. Collected Prose[M]. WALDROP R, translate. Manchester:Carcanet Press, 2003:26.

前,鲍曼给海氏寄上邀请,海德格尔随即热情回信:"我很久以来就想结识策兰。他远远站在前面……我知道他的所有作品。"海氏不仅欣然接受邀请,他甚至到书店走了一趟,请书店把策兰的诗集摆在最醒目的位置。这使我们不禁想起了他那句著名的话:"我们这些人必须学会倾听诗人的言说。"

弗莱堡大学的朗诵会上,听众如云,而德国的"哲学泰斗"就坐在最前排。在策兰精心选择朗诵的诗中,有一首《剥蚀》,该诗的最后是:"等待,一阵呼吸的结晶/你的不可取消的/见证。"

"见证",这真是一个对战后的德国人,尤其是对海德格尔来说具有刺激性的字眼。他们的这次相遇,仍处在历史的阴影里。朗诵会后,有人提议合影,策兰拒绝了。但海氏仍热情地邀请策兰第二天访问他在托特瑙山上的小木屋。策兰不愿意去,他对鲍曼说他不想和一个很难忘记该人过去的历史的人在一起,但他还是去了。他们在山上小木屋谈了一上午。他们在一起究竟谈了些什么,至今仍无人得知。人们只是看到,这次会见竟使一向忧郁沉重的策兰精神振作了起来。

在小木屋的留言薄上,策兰题写下了"在小木屋留言薄上,望着井星,心里带着对走来之语的希望"。回巴黎后,又写下了这首题为《托特瑙山》的诗,并特意制作了一份收藏版本,寄赠给了海氏本人。

我本人曾访问过海氏小木屋,它处在托特瑙山坡上的最上端,几乎就要和黑森林融为一体。海氏夫妇于1922年在这个滑雪胜地建造了此屋,在弗莱堡任教期间,海氏经常怀着"还乡"的喜悦重返山上小屋。也许正是在此地,"海德格尔使哲学又重新赢得了思维"(汉娜·阿伦特语)。因此我们不难想象这次造访给策兰带来的喜悦。

"金车草,小米叶",诗一开始就出现了这两种花草。它们是当地的景物,但也有着更丰富的意义。首先,这两种草木都有"疗治瘀伤"和"止痛"的效用。同样,"从井中汲来的泉水/覆盖着星粒",也很耐人寻味。在小木屋左侧有海氏夫妇亲自开凿的井泉,像其他来访者一样,策兰很可能也畅饮过这久违的甘甜清澈的雪山泉水,并带给他某种重返存在的"源始性"的喜悦。只不过这里的"星粒"并不那么简单——那引水木槽上雕刻的星星,是否也使他想到了纳粹时期强迫犹太人佩带的黄色星星? 很可能。

"题赠簿里/——谁的名字留在/我的前面?"这一句出自诗人题赠时的"一闪念"。策兰深知海氏的重要位置,他是思想史的一个坐标。他也知道很多人,比如法国著名诗人勒内·夏尔就曾来访问过此地,但是,是不是也有一些前纳粹分子来这里拜谒过他们的大师呢?

无论如何,仍有"希望"存在。"走来之语",让人想到海氏的一些著名哲学警句,如"不是我们走向思,思走向我们",等等。那么,什么才是策兰所期待的"一个思者的/(不再踌躇的/走来)/之语"? 法国哲学家拉巴特在他论策兰的讲稿集《作为经验的诗》中最初的猜测是"请原谅",但他很快修正了这一点,"那是绝对不可原谅的。那才是他(海氏)应该(对策兰)说的。"①

当然,也有另外的解读。在2001年9月4日在北京大学所作的论宽恕的演讲中,德里达针对波兰裔法国哲学家杨凯列维奇提出的

---

① LACOUE-LABARTHE P. Poetry as experience [M]. TARNOWSKI A, translate. Stanford: Stanford University Press, 1999: 123.

"不可宽恕论"("宽恕在死亡集中营中已经死亡"),主张一种绝对的无条件的宽恕。在这次演讲中,德里达就引证了策兰这首诗,认为这首诗是一种"赠予",同时它也是一种"宽恕"。①

这些不同的解读各有侧重,但策兰与海氏会面时的复杂心情,即使在这首诗中我们也可以充分体会到:"森林草地,不平整,/红门兰与红门兰,零星"。这既是写景,也暗示着心情。那种既兴奋、欣悦、有所期待而又不抱幻想的心情,正如那起伏的"不平整"的森林草地。

但不管怎么说,"生疏之物,后来,在途中,/变得清楚",这就是诗人此行的"收获"。至于"那个接送我们的人",有人把他解读为接送策兰去托特瑙山的司机,但是否也可以理解为海氏本人呢?他邀请诗人来访并陪同他漫游,在隐喻的意义上,他也正是那个在存在的领域"接送我们的人",而他"也在倾听"。"倾听"用在这里,一下子打开了一个更大的历史和思想空间。

至于结尾部分,则把这首诗推向了一个更耐人寻思的境地。"圆木小径",可能取自海氏哲学著作中的隐喻,"走到半途",也让人联想到海氏的著作"在通向语言的途中"。而这"走到半途的/圆木小径",通常被理解为是通向对话之路、和解之路,但它"非常/潮湿"!诗的暗示性在这里达到最充分的程度。

显然,诗的这个结尾也是全诗的重心所在,它暗示着大屠杀之后和解和对话的艰难,创伤弥合的艰难。从普遍的意义上,也可以说它

---

① 雅克·德里达.德里达中国讲演录[M].杜小真,等,译.北京:中央编译出版社,2003.

暗示着人生的艰难、思想的艰难以及通向语言之途的艰难。

就在这次历史性会见之后,他们仍有见面和通信往来。在收到策兰赠寄的《托特瑙山》后,海氏给策兰回了一封充满感谢的信。在1970年春,他甚至想带策兰访问荷尔德林故乡,为此还做了准备,但他等来的消息却是策兰的自杀身亡。

这就是这个"故事"的结局。"走来之语"?永不走来。

作家库切在关于策兰的文章《在丧失之中》中这样说:"对拉巴特来说,策兰的诗'全部是与海德格尔思想的对话'。这种对策兰的看法,在欧洲占主导地位……但是,还存在另一个流派,该流派将策兰作为本质上是一个犹太诗人来阅读……"

现在看来,把策兰当作一个"海德格尔式的诗人"来解读肯定是有很大问题的。这样的解读者至多只了解策兰的一半。这样的解读者最好还是再次回到策兰的诗上:

这走到半途的
圆木小径
在高沼地里,

非常
潮湿。

十九
什么也没有

LAUTER

Einzelkinder

mit leisen, moorigen

Muttergerüchen im Hals,

zu Bäumen-zu Schwarz-

erlen-erkoren,

duftlos.

NOTHNG

but single children

with faint, moory

mothersmells in the throat,

as trees-as black-

alders-elected,

scentless.

(Translated by Pierre Joris)

什么也没有[1]

什么也没有
只有孤单的孩子
在喉咙里带着
虚弱、荒沼的母亲气息,
如树——如漆黑的——
桤木——被选择,
无味。

注释

[1] 选自诗集《光之逼迫》。

导读

策兰的这首短诗,看似很"简单",或者说达到了最大程度的单纯,但那却是一个"晚期"的诗人所能够看到的景象——"什么也没有/只有……",诗人采用了这种句式,因为这就是整个世界留给他的一切。

而那孩子,也只能是"孤单的孩子"。策兰诗中多次写到"孤儿"(如"夜骑上他,他已苏醒过来,/孤儿的上衣是他的旗帜",《夜骑上他》),策兰为独生子,他本人在父母双亲惨死后也就是一个孤儿。这是被"抛弃"的孩子,但也是一个一直被诗人携带着的孩子,不然他不会出现在这首诗里。

而那孩子,"什么也没有",除了"在喉咙里带着/虚弱、荒沼的母亲气息"。说实话,我还很少读到如此感人、直达人性黑暗本源的诗句(这说明策兰的"去人类化"或许正是人性的另一种表达方式)。那涌上喉咙的母亲气息,是虚弱的、荒沼般的(原文"moorig"就带着"沼泽"的意思),但正是它在维系着诗人生命的记忆。

耐人寻味的还在后面:这个孤单的孩子"如树",接着是更为确切的定位:"如漆黑的桤木"。在长诗《港口》里,策兰曾歌咏过故乡的白桤木和蓝越桔,而在这首诗里,"桤木"的树干变黑了——"如漆黑的桤木",这是全诗中色调最深的一笔。这才真正显现出生命的质感。

而他/它出现在那里,"被选择,/无味"。被谁选择?被大自然?被命运?被那无形的、更高的意志?

这样的"被选择",似乎总是带着一种献祭的意味。

而最后的"无味"(duftlos/scentless)更是"耐人寻味"。这不是一棵芳香的、优美的、用来取悦于人类的树,或是供诗人用来"抒情"的树:它"无味",它在一切阐释之外。它认命于自身的"无味",坚持自身的"无味"。它的"无味",即是它的本性。它的"无味",还包含了一种断然的拒绝!

策兰的这首诗,尤其是最后所坚定表达的"无味",让我们想起了他1958年的《对巴黎福林科尔书店问卷的回答》中的话:

"德国诗歌当前的趋向和法国诗歌很不相同。尽管它的传统还存在,但它被记忆中的那些最不祥的事件和增长的问题所缠绕,它不再以那种许多人似乎都期待听到的语言讲话。它的语言已变得更清醒,更事实化了。它不信任'美丽'。它试图更为真实。如果我可以从视觉领域多色调的表象中找一个词来比拟其现状,它就是一种'更灰色'的语言;这种语言,甚至在它想以这种方式确立自己的'音乐性'的时候,也和那种处于恐怖的境地却还要多少继续弄出'悦耳的音调'的写作毫无共同之处。"①

当然,并不是所有的人对此都能接受和理解。评论家君特·布吕克尔在1959年10月11日柏林的《每日镜报》上发表文章,就对策兰

---

① CELAN P. Collected Prose[M]. WALDROP R, translate. Manchester: Carcanet Press, 2003: 15-16.

《言语栅栏》中的诗做出如此的评价:"即使在策兰将自然元素引入的时候,也不是自然诗意义上的抒情唤起。在《夏日报道》里,百里香草地也没有散发出醉人的气息,它是无味的——而这个词对这些诗歌都有效。"①

在策兰那时和巴赫曼的通信中,他曾对布吕克尔的评论很愤怒。这类无视诗的现实发展、一味要求"散发醉人气息"的所谓美学要求,也只会使他自己更加坚决地在他所选定的路上走下去。

而策兰的这种诗学努力,体现在他后期的那些"以地质学的质料向灵魂发出探询"的诗中,也体现在他以风景和自然事物为"素描"对象的诗中。所谓"素描",就是直取事物本质,不加任何粉饰。在1960年为电台准备介绍曼德尔施塔姆的节目时,策兰声称"诗是存在的素描,诗人靠这些素描生存"②。现在看来,《什么也没有》这首诗,正是这样一幅"存在的素描"。

也正是以这样的诗,策兰顶住了"美的诗""抒情的诗"这类陈腐吁求,坚持实践一种如他自己所说的"远艺术"的艺术。对此,还是阿多诺说得好:"在抛开有机生命的最后残余之际,策兰在完成波德莱尔的任务,按照本雅明的说法,那就是写诗无需一种韵味。"③

现在我们看清了,策兰的这类诗,是一种幸存之诗,也是一种清算

---

① 保罗·策兰,英格褒·巴赫曼.心的岁月:策兰、巴赫曼书信集[M].芮虎,王家新,译.北京:中国人民大学出版社,2013:292.

② FELSTINER J. Paul Celan: Poet, Survivor, Jew[M]. New Haven: Yale University Press, 2001: 136.

③ ADORNO T W. Aesthetic Theory [M]. LENHARDT C, translate. London: Routledge and Kegan Paul, 1984: 443.

之诗、还原之诗、朝向源头之诗。它清算被滥用的语言。它抛开一切装饰和美学上的因袭。它拒绝变得"有味"。

"无味",就这样成为这首诗最后的发音。

二十

你躺在

DU LIEGST im großen Gelausche,
umbuscht, umflockt.

Geh du zur Spree, geh zur Havel,
geh zu den Fleischerhaken,
zu den roten Äppelstaken
aus Schweden —

Es kommt der Tisch mit den Gaben,
er biegt um ein Eden —

Der Mann ward zum Sieb, die Frau
mußte schwimmen, die Sau,
für sich, für keinen, für jeden —

Der Landwehrkanal wird nicht rauschen.
Nichts
    stockt.

YOU LIE in the great auricle

groved round, snowed round.

Go to the Spree, go to the Havel,

go to the butchers' hooks,

to the red impaled apples

from Sweden —

The table of gifts draws near,

it turns round an Eden —

The man was made sieve, the woman

had to swim, the sow,

for herself, for no one, for everyone —

The Landwehrkanal won't sound.

Nothing's

    still.

                    (Translated by Ian Fairley)

你躺在[1]

你躺在巨大的耳廓中,
被灌木围绕,被雪。

去施普雷河,去哈韦尔河,
去看屠夫的钩子,
那红色的被钉住的苹果
来自瑞典——

现在满载礼物的桌子拉近了,
它围绕着一个伊甸园——

那男人现在成了筛子,那女人
母猪,不得不在水中挣扎,
为她自己,不为任何人,为每一个人——

护城河不会溅出任何声音。
没有什么
     停下脚步。

注释

［1］选自诗人生前编定、死后出版的诗集《雪部》。

导读

"在最基本的层面上,这首诗在说什么?"作家库切在关于策兰的文章中这样问,"直到人们获知某些信息,某些策兰提供给批评家彼特·斯丛迪的信息。成为筛子的人是卡尔·李卜克内西,在运河里游的'母猪'是罗莎·卢森堡。'伊甸园'是一个公寓区的名字,该公寓建在1919年这两名政治活动家被枪杀的旧址上,而'屠夫的钩子'指的是哈韦尔河边普罗成茨监狱的钩子,1944年想要暗杀希特勒的人被绞死在那里。根据这些信息,该诗是作为对德国右翼一连串残忍谋杀行为和德国人对此保持沉默的悲观的评论而出现的。"[①]

的确,在获知这些资讯后,这首诗变得对我们"敞开"了。不过,这些信息并不是如库切所说的由策兰本人提供的,而是由斯丛迪提供给我们的。策兰的朋友、柏林自由大学教授斯丛迪在他的《策兰研究》(*Celan Studies*)中专门有一篇文章《伊甸园》谈这首诗。据斯丛迪介绍,策兰这首诗写于1967年12月22—23日圣诞节前,在这之前,策兰抵达柏林朗诵。在近30年前,策兰曾在前往法国的路上经过柏林安哈尔特火车站,正赶上纳粹分子捣毁犹太人商店、焚烧犹太教堂的"水晶之夜",因此,这应是策兰第二次也是生前最后一次访问柏林。白天,策兰的朋友陪他看雪中的柏林,带他参观普罗成茨监狱,还

[①] COETZEE J M. In the Midst of Losses[J]. The New York Review of Books, July 5, 2001.

去了圣诞市场,在那里,策兰看到一个由苹果和蜡烛扎成的圣诞花环("那红色的被钉住的苹果/来自瑞典")。当晚,策兰则向斯丛迪借书看,斯丛迪给了他一本关于罗莎·卢森堡和李卜克内西的书。接下来的一天,在接策兰的路上,斯丛迪边开车边给策兰指路边的公寓,它在老旅馆"伊甸园"的废址上重建,1919年1月15日,带有犹太血统的左翼政治家罗莎·卢森堡和李卜克内西就是在那里被极端民族主义分子杀害。而现在,"伊甸园"公寓一带的商业区,已充满了圣诞购物的节日氛围,这让他和策兰都不禁感叹。

而诗中接着出现的细节则来自斯丛迪借给策兰的书:在当局对凶手的所谓"审判"中,当法官问及李卜克内西是否已死了时,回答是"李卜克内西已被子弹洞穿得像一道筛子";当问及罗莎·卢森堡时,凶手之一、一个名叫荣格的士兵(正是他在"伊甸园"旅馆开枪击中罗莎·卢森堡,并和同伙一起把她的尸体抛向护城河)这样回答:"这个老母猪已经在河里游了!"

对于这件震动一时的政治谋杀事件及所谓的"审判",汉娜·阿伦特在她的《黑暗年代的人们》中也有专文叙述。阿伦特这样称:"卢森堡的死成为德国两个时代间的分水岭。"

就是顺着这条罗莎·卢森堡的尸体曾浮动其间的运河,20日夜里,策兰独自重访了他早年曾转车经过、并在那里目睹过"水晶之夜"浓烟的安哈尔特火车站。这座饱经沧桑的老火车站已在战火中被毁,"它的正面还留在那里撑立着,像某种幽灵",斯丛迪在他的文章中最后这样说。

就是由这些看上去互不相干的材料,策兰写出了这首诗。这里先说一下翻译。该诗的头一句,按德文原诗"Du liegst im großen Gelausche",可译为"你躺在巨大的倾听中",数种不同的英译本也都是这样来译的,如乔瑞斯译本"You lie in the great listening"、费尔斯蒂纳译本"You lie amid a great listening"。但是,另一个并不如前两个英译者有名的伊恩·费尔利(Ian Fairley),却把这一句译为:"You lie in the great auricle"——"你躺在巨大的耳廓中"!

说实话,我为发现费尔利的译本而兴奋。这显然是一种创造性译法,而又完全忠实于原作精神。"巨大的耳廓",看似偏离原文字面,却也正好带着策兰"晚期风格"的特征(策兰经常运用这类解剖学术语,如"耳道""颅侧"等),重要的是,这样来译,不仅很形象,它还创造了一个意味深长、令人难忘的隐喻——雪的柏林,充满创伤记忆与遗忘的柏林,它不是一只"巨大的耳廓"又是什么?正是在一个译者对"纯语言"的发掘中,它伸向了对历史和上帝之音的倾听!

而接下来的"被灌木围绕,被雪",我对这一句的翻译也有意运用了汉语的独特句法,它和策兰式的隐喻性压缩也正好相称。

这就是策兰这首诗。它的沉痛感撞击人心。它的主题是记忆与遗忘。它"最苦涩的核心词"(斯丛迪语)是"伊甸园"及这个词后面的破折号。正是这个词,使这首诗的份量和意义远远超出了它自身。而对于这首诗的结尾,斯丛迪这样说:

"诗歌停下来了,因为没有什么停下脚步。因为没有什么停下来这样的现实,使诗歌停下来了。"

"没有什么/停下脚步",因为人们都在"向前看"啊。人们不愿面对过去的黑暗历史,人们至多是在"清结历史"("Vergangenheitsbewältigung",这一说法在战后由历史学家赫尔曼·海姆佩尔首先提出来,并被广为接受,"清结"有"战胜、了结"之意,与过去达成协议,目的是"与历史做出了断"),而不是在从事真正彻底的"清算"。这就是这首诗为什么会如此沉痛。沉痛感,这正是策兰这首诗及其他许多诗的内在起源。

库切没有读过斯丛迪的《策兰研究》,不过,仅仅经由费尔斯蒂纳在其策兰传中的一些转述,他已被这首诗深深触动了。他也承认要读懂这首诗"对读者要求太多",但是,他继续说,"有了这样一段历史……有了 20 世纪反犹迫害的累累罪行,有了德国人和西方基督教世界普遍想要摆脱这段可怕历史梦魇的'太人性'的需要,我们还能问什么记忆、什么历史知识要求得太多了吗? 即使策兰的诗是完全不可理解的,它们仍然会像一座坟墓,屹立在我们的必经之路上,这是座由一位'诗人,幸存者,犹太人'建造的坟墓,坚守着我们还隐约记得的存在,即使上面的铭文可能看上去属于一根无法破解的舌头。"

库切在文章中还提到了伽达默尔对策兰的解读。和斯丛迪不一样,伽达默尔认为任何有德国背景、头脑开放的读者,在没有背景资料的情况下也能读懂策兰,他指出背景资料是次要的,重要的是诗歌本身。在这里,库切不同意那能够给诗歌"解码"的信息是次要的。不过,他也认为伽达默尔提出的问题是有意义的,"诗歌是否提供了一种不同于历史所提供的知识,并要求一种不同的接受力?"

当然有可能。这也就是为什么策兰自己把这首诗编入诗集时去掉了曾落上的写作地点和时间:"柏林,1967,12,22/23"。他不能忘怀那苦难的历史,但我想他同样相信诗歌本身会提供一切。他向读者要求的,也正是一种"不同的接受力"。

这就是策兰这首诗,读后,我们的良知不仅受到刺伤,我们还不禁感叹策兰那作为诗人的异乎寻常的创造力。在早年,他在艺术上追求的是"陌生与更陌生的相结合",现在,他的"诗歌糅合力"变得更令人惊叹了,他甚至直接把刽子手的语言(它邪恶得甚至超出了邪恶)用在了诗中,而又产生了多么强烈的力量!

库切也很敏锐地看到了这一点,那就是:"策兰顶住了要求他把大屠杀升华为某种更高的东西也就是所谓'诗'的压力,顶住了20世纪50年代和60年代初期把理想的诗歌视为一个自我封闭的审美对象的正统批评,坚持实践真正的艺术,一种'不美化也不促成诗意的艺术;它命名,它确认,它试图测度已知的和可能的领域'(策兰《对巴黎福林科尔书店问卷的回答》)。"

这就是策兰诗歌的力量所在。仅仅是"母猪"一词的运用,就体现了一种多大的艺术勇气!这大概就是策兰在给巴赫曼的信中所说的"远艺术"了,但却比任何艺术更能恢复诗歌语言的力量。的确,读了这首诗,最刺伤我们的,也正是那个在护城河中上下挣扎的"母猪"的意象。它永远留在我们的视野中了。

策兰研究文选

无需掩饰的歧义性[①]

(美国)皮埃尔·乔瑞斯
杨东伟 译　王家新 校

在保罗·策兰去世34年之后,他作为二十世纪下半叶最伟大的德语诗人的地位得到了确认。他的全部作品,包括散布在11部诗集中的900页诗歌,250页散文,1000多页公开的通信和将近700多页自8种语言翻译的诗作,到目前为止已经受到了批评界的巨大关注,批评论著的总量高达惊人的6000多个词条,包括用十多种语言写成的评论、散文、回忆录和专著。然而策兰的作品在很大程度上仍然是一个未知的领域,是一片边界不确定且不断发生改变的广阔领土,是一张神秘的地图,在这张地图上未经探测的部分到目前为止远远超过了已经被勾勒和勘测过的领域。

尽管许多研究者已经在这些文本领域之中来回穿梭过,但我们得到的结论却往往大相径庭且相互矛盾:就好像每次评论家冒险进入一个已经确定的地理区域,但他却带着一张绘着不同坐标的新地图甚至是关于同一地点的不同的地貌图返回。这是一种卡夫卡式的景观和艰难的旅程:读者面对的是一种多石的、变形虫状的地形,它由多样化的、轮廓和连续性不断发生改变的地层构成。实际上,这个地形

[①] 本文为美国诗人、翻译家皮埃尔·乔瑞斯(Pierre Joris)为其编选的《保罗·策兰作品选》(加利福尼亚大学出版社,2005)所写的序言,限于篇幅,收入本书时有所删节。

如此密集而多样以至于各种深入其中的批评隧道似乎从来没有交叉或贯通起来。当评论家试图从这片未知的领域返回之时，他们所得到的成果至多构成了一种自我指涉或自我干扰的网络，而这往往不是与策兰作品中已经被掌握的文学地形相关，而是与研究者们的聚焦点更相关。策兰的作品是一个不能被攻占的堡垒，一片不可征服的风景，一个"超星系的"宇宙。

当一个人摸索着去理解策兰和他的全部作品时，为什么很容易就联想到了这些地缘政治学的、准军事的意象和隐喻？毫无疑问是诗歌自身、诗的词语、诗歌句法的瘤结、诗歌的文本策略、巧妙设计的模棱两可和语言学上的诡计提出了甚至是在要求着这样一种阅读。但是策兰的一生似乎非常符合如下描述：这是存在于空间中的一种地形，它勾勒出策兰围绕德国而展开的生命地形圈，从切诺维茨开始，穿过布加勒斯特和维也纳到达巴黎，为了进入这个国家策兰经历了多次急促而短暂的越境突袭。策兰所看重的两个真正的朋友和同道，事实上战略性地高居于他自己所不能栖居的"子午线"上，是他们在冥冥之中帮助策兰展开这种精神地形，他们就是俄国的奥西普·曼德尔施塔姆（一个诗歌"兄弟"）和瑞典的内莉·萨克斯（一个"姐姐般的"诗人）。在这里我特意使用军事化的隐喻，因为对我来说，贯穿策兰一生的如果不是一种向德国发起攻击和为他父母之死（尤其是他母亲之死）复仇的欲望，那么至少也是一种被攻击和需要反抗这种攻击的持续的、无情的感觉。

然而，策兰式的动力学并不是简单的或者单向的：它涉及一个复杂的双重运动，用恩培多克勒的术语来说：一方面他对母语充满了爱,另一方面他对母语的使用者和载体同时也是谋杀母亲的凶手进行不妥协的抗争。策兰被这种爱与抗争的动力攫住了,这种动力的共同基线或者根基(是根基,但同时也是深渊)正是德语,它不可挽回地将被谋杀者和凶手捆绑在一起,构成了策兰所有思考和写作的动力。

但是批评家们面临的问题应该限定在他们的任务上(批评家们需要证明他们所投入的方法是正确的,并且将会得到对诗歌"正确的"理解),而不应该去劝阻读者。重要的是,在一开始就需要说明:如果策兰的诗歌常常理解起来有困难(而且晚期作品变得更晦涩),但并不意味着它们不可理解。当策兰被问到关于他的诗歌"难懂"时,他坚持认为它们绝不是密封的,我们所要做的就是一遍又一遍地阅读它们。与此同时,他声称今天的诗歌需要保持必要的晦涩,首先是因为诗歌就是一种"dunkel"(黑暗),这源于它自身的物性和现象性。在演讲辞《子午线》的一个注解中,他写道:"关于今天诗歌的黑暗,是经验和想象力让我思考一首诗作为一首诗的黑暗,思考一种构成的甚至是先天的黑暗。换句话说:一首诗天生黑暗;它是一个彻底的个性化的结果,它作为一种语言诞生,直到语言变成世界,承载世界。"①

这种通过诗歌并在诗歌内部创造一个新世界的观念就是我想坚持的,这样可以避免过于强调策兰与德国之间的关系,而忽略了他对"创新"(make it new)的渴望,避免将策兰的作品限制在一幕复仇剧里。只是对于保罗·策兰,一个幸存者而言,在奥斯维辛之后写下的

---

① 保罗·策兰.子午线:最终版—手稿—材料[M].伯恩哈德·伯尔施蒂纳(Bernhard Böschstine),海诺·齐穆尔(Heino Schmull),编.美因河畔法兰克福:苏尔坎普出版社,1999.

诗歌必须始终意识到或铭记大屠杀的恐怖。如果过去是一个深渊,同时也是支撑作品的根基,那么作品所采取的立场就是坚定地向前看并充满希望(也许策兰在精神疾病的心理压力下写下的一些苦涩的晚期诗歌除外)。他肯定不会拒绝一个新世界的可能性和一个更新的、更人性的时代的可能性。1946年初,美国诗人查尔斯·奥尔森通过暗示,为一个从布痕瓦尔德集中营之后开始的新时代提出了要求,他写道:"我们并不是生于被埋葬的人而是生于这些未被埋葬的死者。"——一个自策兰的《死亡赋格》传来的怪诞的回声,在这个回声中作为幸存者的"我们""在空中掘一个坟墓躺在那里不拥挤"。那个日期之后的所有诗歌,在某种程度上,都必须成为见证的诗歌。但是,如果它想发挥极其重要的作用,它就不能停在那一点上,正如奥尔森和策兰共同坚持的那样。它不能只是简单地承担对过去的见证,而必须同时毅然地转向未来:它必须是敞开的,它必须富有想象力地专注于构建一个崭新的世界,它必须有所期待,必须富有预见性(visionary)。在策兰对"为见证者见证"问题的质疑中,我也听到了这种前瞻性和这种面向未来的笔直的姿态。策兰的作品既是一种见证也是一种预见。

　　关于策兰见证的方式在这里需要多说一句,因为它明显不同于其他大屠杀作家,而这种差异本身使得我所坚持的"预见的立场"成为可能。尽管纳粹年代的事件自始至终都潜藏在策兰的作品之中,尤其是她母亲的被枪杀,但策兰坚决拒绝让他的写作仅仅成为大屠杀叙事的博物馆,这与大多数书写大屠杀的作家形成了鲜明对比,那些作家努力地一次又一次地讲述过去,以便尽可能准确地记录过去,收集灾难年月里他们生活中的事件。策兰不仅不会写作这种自传体式的作品,而且,根据所有的记载,他坚决拒绝公开或私下谈论他生命中有关大屠杀的事件。一份出版于1949年的传记评论描述了策兰的这种沉默:"除了在法国停留了一年之外,出于一切实际的目的,我在1941年之前从未离开过家乡。我不需要讲述一个犹太人在战争年代的生活是什么样子。"无论那段生活怎样塑造他的早期生命,也无论它们在他此后的生命中投下了什么样的阴影,策兰都坚持不提及它们,也不沉湎于其中,这种决定预示了他在下个四分之一世纪的写作立场。想要更深刻地理解这一点,一个有效的途径就是认真审视策兰在《紧缩》("Stretto")一诗中对《死亡赋格》的改写,这一点我将在后面部分接着阐释。但是现在,在谈论策兰的诗歌所提出的一些问题之前,让我更详尽地介绍他的一生。

策兰原名保罗·安切尔,1920年出生于布科维纳的首府切诺维茨。他在一个犹太家庭长大,这个家庭坚持让年轻的保罗接受了最好的世俗教育,他的母亲极力为他灌输她对德国语言和文化的热爱,并坚持认为他应当保存犹太人的根脉:他的父母都有着坚定而正统的(犹太教)哈西德派背景。他的父亲拥有强烈的犹太复国主义信念,而他的母亲尽管异常钦慕德国古典文化,但仍然在家庭的日常生活中保持着犹太人的传统:这是一个每周都自觉点亮安息日蜡烛的犹太家庭。

1938年11月,策兰乘坐火车从切诺维茨出发途经柏林到达巴黎,在那儿他抵达了一个决定性的时刻——"水晶之夜"之后的早晨,这个时刻随后被写进了一首标题跟巴黎相关的诗(《卫墙》)中,但实质上它暗示了在柏林短暂的停留。

1941年7月5日,罗马尼亚军队占领切诺维茨,由纳粹党卫军旅队长奥伦多夫率领的特别行动队第二天就到达了这个城市,并大力肃清和灭绝犹太人。10月11日,犹太人隔离区被创造了出来——这是布科维纳和切诺维茨历史上第一个犹太人隔离区。接着,大多数犹太人开始被"安置"到德涅斯特河沿岸。安切尔的家庭就留在犹太人隔离区。保罗被命令去建筑工地参加强制劳动。1942年6月,新一波的逮捕和驱逐开始了。在朋友露丝·拉克娜(Ruth Lackner)的帮助下,保罗找到了一个宽敞而舒适的藏身处,但他的父母亲坚决拒绝在这里避难,他们宁愿留在自己的家里。在一个星期六的晚上,策兰违背了他父母的命令离开了家,在藏身处待了一整晚。当他第二天清晨回到家时,他发现他的家被查封了,他的父母已经遭到了驱逐。

策兰继续在强制劳动营工作,为重建一座大桥从普鲁特河搬运石头和瓦砾。1942年的晚秋时节,一封信(可能是来自他的母亲)为他带来了一个消息:他的父亲因为身体遭受奴役劳动的巨大摧残,已经亡故了,而确切的死因从未确定(或是被纳粹党卫军射杀或是死于斑疹伤寒)。随后那个冬天,他母亲被纳粹杀害的消息也传到了他的耳中。之后保罗自己被送到切诺维茨南部四百多英里的一个强制劳动营,在那儿他一直待1944年2月劳改营关闭。4月,苏联军队兵不血刃地占领了切诺维茨。策兰被派往一家精神病医院从事医疗辅助工作,并且有机会以救护员的身份去基辅旅行了一次。接下来的一年,策兰在切诺维茨的大学里度过,他在那里学习英国文学(在强制劳动营的那段时间里他就已经开始翻译莎士比亚的诗作了)。在谋生的同时,策兰为乌克兰报纸翻译罗马尼亚报纸上的文章,他把他诗歌的两种手稿放置在一起,这一举动清楚地表明了他决定成为一名德语诗人的决心。

1945年4月,策兰前往罗马尼亚的首都布加勒斯特,在那里他找到了一份译者的工作,将俄国文学作品翻译成罗马尼亚语。他也翻译弗兰茨·卡夫卡的短篇小说,对于策兰而言卡夫卡是一个至关重要的作家。与此同时,他开始投入全部精力去写作、收集和修订早期布科维纳时期的诗歌,他写出了新的诗作,并开始发表。也正是在这个时期,他将自己的名字从安切尔改成策兰。这是一段相对快乐的时光,然而一个人总是被黑暗的过去、不确定的现在和未来所钳制。策兰那段时期的作品带有一些超现实主义的色彩,这在他这一时期用罗马尼亚语写下的一些散文诗中体现得最为明显(这是策兰唯一使用除德语之外的语言进行创作的时段)。

1947年12月,策兰秘密地从我们知之甚少的路径向维也纳流徙,徒步从罗马尼亚出发途经匈牙利最后到达奥地利,这是一段无比痛苦的旅程。至少可以说,维也纳是策兰曾居住过的唯一一个讲德语的地方,奥逊·威尔斯主演的电影《第三人》(*The Third Man*)中"第三人"的身份处境与策兰那时所感受到的相接近,但那些年的维也纳对这位年轻的诗人还是相对友好的。在那时,策兰遇见了路德维希·冯·费克尔,他曾是格奥尔格·特拉克尔亲密的朋友,他还将这个年轻的布科维纳诗人称作"埃尔莎·拉斯克-许勒[①]的继承人。"而与超

[①] 埃尔莎·拉斯克-许勒(Else Lasker-Schüler, 1876—1945),德国杰出女诗人,表现主义文学的先驱人物,代表作有诗集《希伯来叙事谣曲》等。

现实主义画家埃德加·热内的会面促使策兰写出了第一篇散文《埃德加·热内与梦中之梦》，这篇文章后来成了热内展览画册的序言。也许最重要的是遇到了年轻的诗人英格褒·巴赫曼，甚至在与策兰最初的爱情消褪之后，她仍是策兰亲密的朋友。而在策兰遭遇"戈尔事件"之后的那些更加黑暗的日子里，巴赫曼也是策兰坚定的捍卫者。为了出版，策兰曾仔细阅读和校对他的第一本诗集《骨灰瓮之沙》，然而后来他却召回了这本书并将它销毁，他认为是过多的印刷错误毁掉了他的这部作品。但是，策兰显然在维也纳没有找到他所寻找的东西，甚至在他的第一本书出版之前，他就离开维也纳去了巴黎，他于1948年7月抵达那里，一直住到1970年4月底他去世之时。

对于德语诗人和作家而言，法国一直以来即使不是有着致命吸引力，也被证明是一个有足够吸引力的焦点——当然也常常是一个断裂点，仅仅提及海因里希·海涅、赖内·马利亚·里尔克、瓦尔特·本雅明的名字就足够证明这一点。对于他们中的大多数人而言，在法国的停留是有限的，也是可以自由选择的。他们的住所也是流亡的政客和知识分子的聚集地。然而，在他们之中很少有人像保罗·策兰一样与法国保持着一种长期的共生关系。

尽管很早就遇到了一些困难，但策兰仍决定在巴黎定居，同时开始接触文学界，并且很快就遇到了许多对他而言非常重要的作家。在他们中间就有诗人伊夫·博纳富瓦。

1949年11月，在策兰的坚持下，博纳富瓦将他介绍给了伊凡·戈尔。这次相遇后来产生了可怕的结果："戈尔事件"——诗人伊凡·戈尔的遗孀克莱尔·戈尔恶意诬告策兰抄袭——给策兰造成的创伤贯穿了整个五十年代,而令人震惊是,大批的德国报纸和评论竟也不加批判地接受和传播这种虚假的指控。这一事件于1960年宣告破产,然而也确实标志着一个创伤的转折点。①

策兰似乎从来没有认真考虑过搬到别处去,1951年秋天他与法国艺术家吉瑟勒相遇,1952年底与她结婚,这之后策兰肯定也没有考虑过搬走。1955年策兰成为正式的法国籍公民。正是作为一个法国公民和巴黎文学界的名人,策兰度过了他的余生。

然而直到今天为止,尽管围绕着策兰已经产生了大量的著作,但却很少有人探讨过他与他所寄寓的国家之间的关系。德国学者们试图在一个可称之为民族主义的"日耳曼学"传统的背景下来分析策兰的作品,但这充其量只是说明了他与法国之间的关系是他的生命和作品的一个偶然方面。

策兰的身份形象让人困惑:如果他不是二十世纪最伟大的"德国诗人",他也应该被高声地宣布为最伟大的诗人之一。事实上,他是一个拥有犹太-布科维纳血统却从未在德国本土生活过的法国籍公民,尽管他(几乎)一生都是在用他的母语——德语写作。而策兰与妻子的通信显示出他是一个杰出的法语作家。策兰没有用法语写作当然是完全有必要的,但也需要在一种复杂的关系中去分析,并将它语境化:策兰一方面一生都在服务于他的母语,另一方面也严苛地、近乎歇斯底里地抵制那些尝试用母语以外的语言写作的诗人。策兰

---

① 关于这一事件全部的过程,参看巴巴拉·威德曼(Barbara Wiedemann)主编的《保罗·策兰—戈尔事件》(美因河畔法兰克福:苏尔坎普出版社,2000年)。(原注)

这个精通多种语言的诗人多次回到这个主题,据露丝·拉克娜说,策兰曾对她讲过的最强烈的表述是:"一个人只有使用母语才能说出自己的真实,使用外语的诗人在撒谎。"随后,在1961年,他再一次确切地阐述了这种两难的困境,以下是他对巴黎福林科尔书店的一份题名为"双语的问题"的问卷调查的回答:

我不相信那里有一种双语诗歌这类事情。双语谈话,是的。……诗歌是语言的必然性的独一无二的例证。因此永不……①

关于作为翻译家的策兰,需要说明的是,翻译可能是他除他自己的写作之外参与最多的文学活动,对他而言翻译不应该被看作是次要的,因为这是他的诗学体系和他全部作品中必不可少的一部分。策兰翻译诗歌的完整版占了其全集的两卷之多(策兰多年来翻译了43位诗人的作品),其中第一卷有大约400页的法语诗歌译文。如果按时间顺序审视这些作品,很明显年轻时的策兰仍然非常受超现实主义的影响。大概在四十年代晚期,他翻译的第一批诗人是安德烈·布勒东、艾梅·塞泽尔、亨利·巴斯图罗和本雅明·佩里特。(艾吕雅和德斯诺斯会在五十年代末被添加到这份名单中来。)在整个五十年代,策兰的翻译显示出对法国诗歌即使不是系统化的,也是一种非常严肃的审视,他回溯到现代主义的父辈们:波德莱尔、奈瓦尔、马拉

---

① 保罗·策兰.散文选[M].罗丝玛丽·沃尔德罗普(Rosmarie Waldrop),译.曼彻斯特:耐特出版社,1986.(这部分的中文译文引自《带着来自塔露萨的书:王家新译诗集》附录部分。)

美、阿波里奈尔、瓦雷里（里尔克曾认为他的《年轻的命运女神》一诗是不可译的，但却被策兰翻译了出来，策兰告诉一个朋友说，他因此而获得批判这种艺术的权利），尤其是兰波，他的《醉舟》一诗，策兰睿智地将它翻译成了德语。与此同时，翻译如何成为一种重要的"练习"，但不仅仅是一种练习——在伯恩哈德·伯尔施蒂纳评论策兰对兰波的翻译的论述中，策兰锤炼他自己的诗学的做法显示得很清楚。

在整个六十年代，除了翻译勒内·夏尔和亨利·米修的作品之外，他还翻译了更年轻的法国诗人，如安德烈·杜·布歇和吉恩·邓卫的作品。

他也翻译一些英语诗人的作品（21首莎士比亚的十四行诗和10艾米丽·狄金森的代表作），意大利诗人的作品（朱塞培·翁加雷蒂的12首诗），葡萄牙语诗人费尔南多·佩索阿的诗作，罗马尼亚诗人格鲁·纳姆（Gellu Naum）与图朵·阿杰西（Tudoor Argezi）和希伯来语诗人大卫·罗克哈（David Rokeah）的作品。而策兰翻译的俄语诗人的作品才是最重要的。当策兰还是切诺维茨的一个学生的时候，他就已经开始学习俄语，并且感受到与这种语言之间强烈的亲密关系。1957年他再一次转向了俄语，并开始收集大量优秀的俄国现代文学作品，尤其是诗歌。他翻译了亚历山大·勃洛克的杰作《十二个》，谢尔盖·叶赛宁的一部诗集，还有韦利米尔·赫列勃尼科夫和叶夫根尼·叶夫图申科的作品。但是他强烈地感到，与他自己的诗学观点最接近的诗人是奥西普·曼德尔施塔姆，在他的诗歌中策兰看到了双重的自我——曼是一个有社会主义倾向的受迫害的犹太诗人，在俄国遭遇流放，1938年死于海参崴附近的集中营。用安托南·阿尔托形容梵高的话来说,曼德尔施塔姆是一个"被社会自杀的人",策兰也是这样一位诗人。策兰将他1963年出版的诗集《无人玫瑰》献给曼德尔施塔姆。他对这位俄国诗人的认同到达了相当高的程度,以致于他在给朋友的几封信中将他自己描述为:保罗·策兰/德国异教徒土地上的俄语诗人/仅仅是个犹太人。

尽管在策兰身上存在着明显的多元文化和多种语言交汇的现象,然而策兰一生都将自己视作是"德语"文学的一部分,他希望自己的作品能成为这个国家一种可见的存在,希望他的作品能对德语文学产生影响。与他亲近的法国友人提及过策兰的悲怆:他日复一日地坐在巴黎的长凳上翻阅德语报纸,去找出是否有人在上面提及他,而且也害怕这种提及可能是负面的,他担心有人在某处准备攻击他。

当策兰离开巴黎去德国参加朗诵会的时候,这种忧虑和恐惧展现得更为明显,就像自1952年开始他多次在朗诵会上表现出来的一样。即使在第三帝国战败后,策兰对德国的恐惧和深刻的不信任也常常被解读为是错位的和毫无根据的(因为一切都太容易被驳回),因此,策兰的这种行为被认为是妄想症和早期精神病的症状,而公众的这种判断使他的晚年变得更加黑暗。策兰甚至对最轻微的反犹主义的气味都异常敏感,确实如此,但这应该被视为一种积极的表现,而不应被斥为偏执狂或者是妄想。在我看来,就像威廉姆·巴勒斯①的格言所说

---

① 威廉姆·巴勒斯(William Burroughs,1914—1997),美国作家,与艾伦·金斯伯格、杰克·凯鲁亚克同为"垮掉的一代"文学运动的创始者。

的那样——"知道真相的人是偏执狂",策兰的这种情况是完全成立的。当策兰把新德国称作"一片恐怖的风景"的时候,他知道他自己在说什么。

策兰确实有真实而确凿的理由这样担心。他从自己的亲身经历中洞悉到,新德国并没有摆脱某些古老的盲目。1952年,在德国青年作家联盟"四七社"①的支持下,他第一次前往德国参加朗诵会,是他的朋友米罗·多(Milo Dor)和英格褒·巴赫曼推荐"四七社"邀请了策兰。这次德国之旅促成了他与这两位朋友在宁多夫的重聚。虽然"四七社"中没有一个人是纳粹老党员,他们中的大多数人年轻时都当过几年德国士兵,基于共同的战时记忆和经验,他们一定让这个来自布科维纳的年轻的犹太人感到了强烈的疏远感。策兰以安静而沉思的方式朗读他的《死亡赋格》,这也是他所有朗诵的特点。他的朗诵招致了不同的反应。策兰后来向他的朋友赫尔曼·伦茨这样描述这件事:"于是有人对我说:你读的这些诗让我觉得非常不舒服。在诗歌的高声部处,你用'戈培尔的声音'读它们。"②对策兰早期作品的这种接受让他感到自己像是被阉割了一样,尤其是他们对《死亡赋格》的接受。例如,诗人和评论家霍尔特胡森——在德意志帝国倒台

---

① "四七社":二战后德国最重要的作家团体,又称"四七派",成立于1947年,1977年解散。社团中出现过许多著名作家,如君特·格拉斯和海因里希·伯尔,该社团对二战后德国文学的发展产生过较大的推动作用。
② 赫尔曼·伦茨(Hermann Lenz).回忆保罗策兰[M].//韦纳·哈马赫(Werner Hamacher),温弗雷德·门宁豪斯(Winfried Menninghaus).保罗·策兰.美因河畔法兰克福:苏尔坎普出版社,1988:316.(原注)

之前他曾是一个狂热的党卫军成员,他的评论文章《五个年轻的德国诗人》发表在影响力巨大的杂志《Der Merkur》上,他在文中声称,策兰的诗通过一种"梦幻般的"、"超现实的"和"超然的"语言,"避开了历史中血腥恐怖的幽禁","上升到纯诗的空灵境界"。这种对策兰诗歌内容的否定和畸形读解并不是只出现过一次,而是有规律地发生在整个五十年代和六十年代。那时,这首举世闻名的诗作在被选入德语学校的课本的同时会附加一条建议:课堂讨论只能专门针对诗的形式方面,应避开任何内容方面的探讨。然而,策兰一次又一次地用我上面提到的那种快速突袭的方式在德国朗诵他的作品。例如,1967年,他在弗莱堡朗诵,然后去拜访哲学家马丁·海德格尔(他欣赏策兰的作品并出现在了那个朗诵会上)。正如策兰在那次行旅写下的诗中所显示的那样:"希望,今天,/一个思者的/(不再踌躇的/走来)/之语/存于心中"。他要求海德格尔为他自己作为一个哲学家参与纳粹政权一事做出解释或者道歉,或者为他在大屠杀之后的这些年里一直保持彻底的、令人震惊的沉默做出解释或者道歉。但在那种场合下,没有任何解释,也没有任何道歉到来,只有一首写给这个哲学家的诗诞生,策兰在诗中写了那次流产的会面,几个月后他将这首诗寄给了海德格尔,海德格尔当然无法理解这首诗,但它却异常重要。

　　饱受伤害的、精神被耗尽的策兰在德国经历了各种事件之后回到巴黎。毫无疑问,在法国首都的生活更适宜,虽然对策兰来说也并不那么容易。他的文化背景(中欧和东欧犹太人的特殊混合)使他不能完全适应法国人的生存方式。在给伊迪思·西尔贝曼的一封信中,他

如此描述巴黎:"不幸的是,一个非常,非常艰难的地方"。① 诗人伊夫·博纳富瓦在他回忆策兰的文章中这样叙述:

"一天下午,当我们聚在一起谈论罗马式建筑和绘画,我仍然能听到保罗·策兰对我说:你(指法国或西方诗人)是在你有你自己参考点的家里,在你自己语言的家里,而我是个局外人。"

博纳富瓦认为这句话表达了在战时(或战后)的欧洲,策兰作为一个"无法讲出自己的名字的犹太人"的真实处境。他认为,"毫无疑问,他在流亡时最深刻的感受是,他是一个犹太人却栖居在由另一种语言构筑的地方,他感受到从这个我由内而外地变成了另一个你,他又只能生存在西方语言给他规定的这个无个性的身份之中,这种语言只能从悖论中找到化身,而且还是基于一本借来的书。"策兰的流亡是绝对的,用一个法国习语来说,他是"一个活死人"。因这一事实而责备他所选择的居住地是错误的。策兰在法国这个被认为对他来说最不痛苦的地方度过了余生,但策兰认为他自己在大屠杀之后的生活只是一种不恰当的补充,他母亲的死似乎才更接近于真实。那么,对于策兰而言,巴黎就是一个前哨基地,在那里他一面对德国保持着警觉的盯视(这是一条朝向东北方的子午线),一面对他故乡那片死亡的风景保持着哀悼的遥望(这是一条朝向东南方的子午线)。

---

① 伊迪思·西尔贝曼(Edith Silberman).回忆保罗·策兰[M].//论沉默:1984年保罗·策兰国际研讨会论文集.柏林:德古意特出版社,1987:441.(原注)

策兰一生的最后十年被反复发作的精神疾病夺去了光辉。毫无疑问,这是在纳粹暴政期间所经历的精神创伤,而又被"戈尔事件"触发和激化的结果。

作为那片死亡风景——法国人称之为"集中营的宇宙"——的一名幸存者,策兰不得不承担见证,虽然这种见证的模式与大多数幸存者大不相同,与此同时,随着时间的推移,这种见证也在本质上与它自身不同。现在让我们更深入地审视《死亡赋格》,探究策兰早期诗歌与后来成熟期诗歌中的这种诗学差异。《死亡赋格》最晚是在1945年初写成,但很可能在1944年底就已经完成,它是策兰早期的成熟诗作之一,在这之前只有一些更年轻的抒情诗,但它们已经包含了对黑暗和死亡的全神贯注,这后来成为策兰最重要的标志。当策兰第一次发表《死亡赋格》的时候,是刊登在一个罗马尼亚杂志上,用罗马尼亚语翻译而成,当时题名为《死亡探戈》("Todestange")。当策兰将它收入诗集《骨灰瓮之沙》时,它作为诗集的最后一首,虽然诗集不是按年代顺序编排,但这也清楚地标明这首诗的特殊性。在1952年出版的第一本真正意义上的诗集《罂粟与记忆》中,《死亡赋格》这首诗位于最中心的位置,围绕这首诗的,主要都是创作时间上晚于它的诗作。

他决定不再允许这首诗被选进以后的任何一个选集中,也不允许在公共朗诵会中朗读它。策兰不让自己与这首早期作品捆绑在一起,我认为至少有以下两个层面的原因。第一,策兰不愿成为所谓的大屠杀诗歌的代言人,他也拒绝叙述他那个时期的经历,虽然所谓幸存者的"本体论的耻辱"也必须在这方面发挥重要作用。第二,作为一个诗人,他也不想《死亡赋格》掩盖了他其他作品的光辉,尤其是因为这首诗被看作是他作品中的一个例外,而不是被看成他成熟诗学的典范。与此同时,策兰拒绝让这首诗被刊登在后来的选集中也与一种批评的转向相一致。从诗集《言语栅栏》开始,德国批评界抱怨策兰作品中日益增长的晦涩和密封性,这种抱怨与新一代的德国诗人的崛起同步,并被崛起的年轻诗人们放大,他们试图将自己的诗学定义为既反对"封闭的"诗歌,又反对战后第一代诗人的"自然抒情诗"。新崛起的诗人们受到美国诗歌和社会事件,例如越南战争和日益高涨的学生运动的影响,他们认为自己关心的是不同的价值观和社会问题。

策兰与《死亡赋格》之间的紧张关系可以被看作是内在于他的一种张力关系的象征:一方面是见证的需要,另一方面是我上面谈论过的"预见"的渴望,策兰渴望通过诗歌去创造一个有望实现的新世界——它可以战胜而不是废止和搁置过去。如果有人将他的第一部分作品看作是一种见证的尝试,或者去审视他的晚期作品,那么就可以以按图索骥的方式在策兰的全部作品中追踪到这种张力。如果还没有从《无人玫瑰》开始的话,那就从《换气》开始,因为它从本质上关注在诗歌内部创造一个新世界的可能性。

与他的晚期作品相反,《死亡赋格》之所以能散发出这样的魅力,而且如此具有可读性,是因为从根本上看,它的诗学思想基本上仍相当传统:词与词之间的关系,能指与所指之间的关系是没有问题的。《死亡赋格》中不会受到质疑的是说话的人和这个人从何处言说。这首诗是由一个"幸存者"写下(或说出)的,策兰采用了一个"我们"的角色,他以一个"我们"的名义说话,这个被谋杀的犹太人的"我们":"清晨的黑色牛奶我们傍晚喝"。死者能够开口讲话,或者说一个"幸存者"为这些死者讲话,他们的死亡获得了一种见证,这就是策兰从根本上要提出的问题。写于 1958 年的诗歌《紧缩》在许多方面都是对《死亡赋格》的重写,它延续了音乐主题。"Stretto"(德语为"Engführung")这个词的字面意思是"紧缩",它源于赋格音乐的专有术语。这首诗扩展了包括广岛在内的灾难景观,但却不再直接提及大屠杀,例如,不再提及"德国来的大师"。这首诗这样开始:"驱送入此/地带/以准确无误的路线://青草,/被分开书写。石头,白色"。我们再也不知道是谁在诗中讲话,也不再知道是对谁讲;这既是一种内在景观也是一种外在景观。

这首诗以一种未言明的方式涵盖了从奥斯维辛到广岛对人类大规模毁灭的问题,但也与其他问题联系了起来:言说的问题,如何说出的问题,乃至于诗歌本身的可能性的问题。例如,第四节使用了"Wort"(词语)一词,这是策兰作品中最经常重复和使用(用策兰式的术语来说就是"调用")的一个词,而基于一种对位法的原则,"灰烬"和"夜晚"也经常在策兰诗中同时出现。在《死亡赋格》中,"诗人——叙述者——读者"的嘴中都充满了词,而在《紧缩》中,最充分的存在就是缺席。在宇宙层面来讲,我们处在一片被"词的暴风雪"横穿而过的广阔的空间之中,"词的暴风雪"的使用让人联想到后来策兰新创的词"隐喻的暴风雪"(Metapherngestöber)。

诗人找到的唯一能够言说的位置和对象就是石头:"是时候了,用石头去试一试——石头仍然热情,它不会插嘴"。被言说的石头再次出现在另一首影响深远的诗《根系,矩阵》中,这首诗出自诗集《无人玫瑰》,它以这样的诗行开始:"当一个人对石头讲话,像/你,/从深渊中对我讲话",正如沃纳尔·哈马赫①所言,这首诗"描述了一种不可能对话的场景"。诗中的这个"你"和"我"都陷入了无休止的、无法确定的互换之中。

因此,在这里,在策兰晚期的作品中,陈述、传授和表现"言说的不可能性"的语言自身,变成了"在纳粹政权的灭绝营里谋杀欧洲犹太民族的一种特有的耻辱"。彼特·斯丛迪②反驳了阿多诺那个著名的论断:"奥斯维辛之后诗歌是不可能的,除非以奥斯维辛为根基。"《根系,矩阵》就是从那个根基讲话,但是那个根基("Grund")已经变成了一个深渊,也就是"无根基"("Abgrund")。哈马赫说:

"(这个深渊)不是这首诗可能的条件,而是它不可能的条件。这首诗仍然只能言说,因为它将自己暴露在它不可能言说的地方。它不再讲那种可能成为大地、中心、起源、父亲和母亲这种种族的语言了。相反,他讲被连根拔起的、孤儿的、被谋杀者的语言。因此,对这首诗而言,奥斯维辛,一个为无数不能被命名的人而存在的名字,永远不会成为历史上必然存在的事实,谋杀也不是诗所言说的对象。这首诗只能成为一种发问的投射,这种诗的发问辨认出自己的发问是无对象的、沉默的,因此,也辨认出自己就是这场

---

① 韦纳·哈马赫(Werner Hamacher,1948—2017),德国文学评论家和理论家,曾在法兰克福大学任教,论著有《前提:从康德到策兰的哲学随笔》等。
② 彼特·斯丛迪(Péter Szondi,1929—1971),原籍匈牙利,著名学者,曾任教于柏林自由大学,主要从事文学史和比较文学研究。他于1971年自杀,留下了未完成的关于保罗·策兰的著作。

谋杀的受害者。"①

不需要再对"倒置问题"进行详细的分析,我只是想说,策兰的"无人"显然并不是对"有人"的一种消极的否定。相反,这是诗本身不可能的可能性,而诗不可能的可能性是策兰在奥斯维辛之后给予诗歌的唯一可能性。正是从这"无处"、这深渊开始,诗歌讲话。是"无人"在诗中做出了见证:"无人为见证者见证"。这不可能的/可能的诗歌为见证者见证。作为一个"幸存者",作为一个应该死去的人,因为他死后就在(来到)那里,作为一个生命暂停的人,一个生命仅仅是死亡的补充的人,策兰所见证的是另一种新的言说方式,大屠杀之后唯一可能的方式。

但是见证的问题还存在着多种更深远的意义,在这里我想通过一些细节来探究策兰作品中复杂多样的歧义性,这种歧义性也使得对它的翻译变成了一种相当艰巨的任务——翻译首先是对我们自己和诗歌提出的最苛刻和最积极的阅读。当我尝试从诗集《换气》中翻译这首《灰烬的光辉》时,我第一次遇到了内嵌在诗歌中的复杂含义。

这本诗集是策兰"转向"之后的第一本书,我已经在别处对它做了如下描述:"这些诗作一直异常复杂且相当茂密,有着丰富的近乎超现实的意象和迷宫式的隐喻性,它被策兰所删减,语法变得越来越紧缩,越来越多刺;他的标志性的新词和词语的伸缩都增加了,与此同

---

① 韦纳·哈马赫.二次倒置:贯穿策兰诗学的一个形象的运动[J].耶鲁法国研究, 1985:69.(原注)

时,作品的整体构成在本质上变得更加'连续',等等,他没有坚持写个人化的、有标题的诗,而是朝向组诗创作和诗集创作的路径推进。"①这种"转变"已经筹备了好几年,在《死亡赋格》和《紧缩》之间的诗学差异中就已经看到了这种"转变",正如以上所讨论的那样,虽然从《换气》之后(这标题本身就有"转变"的意思),"转变"就变得更激进,但并不是变得绝对。1958 年,策兰就已经暗示过,对他而言诗歌不再是(如果它曾经是)一种"美化"(verklären)的问题。他写道,鉴于德国记忆中的恐怖事件,德国诗歌的语言必须变得"更加清醒、更加事实,……更加灰色"。这个更大的真实性在检验着抒情传统的核心动力,检验它与抒情诗之间的关系,它与音乐之间的关系:"这种语言,甚至在它想以这种方式确立自己的'音乐性'的时候,也和那种处于恐怖的境地却还要多少继续弄出'悦耳的音调'的写作毫无共同之处。"放弃这种"悦耳的音调"的直接效果就是语言的精确性得到了增强:"它不美化或渲染'诗意';它命名、它确认、它试图测量那个被给予的和可能的领域。"②

现在让我们回到《灰烬的光辉》。诗的最后一节写到:"Niemand/Zeugt für den/Zeugen"。

当我第一次冒险去翻译这首诗之时,这一诗句似乎语义明确,它很容易就被翻译成这样:"Nobody/Witnesses for the/Witness"。

那时这种表达对我来说既明确易懂又意味深长,并且概括了策兰

---

① 参看诗集《换气》的引言。(原注)
② 出自策兰的《对巴黎福林科尔书店问卷的回答》。这部分的中文译文引自《带着来自塔露萨的书:王家新译诗集》附录部分。

作品中的中心问题,即担心这一悲剧将最终或者已经在大屠杀之后的第二代人心中消失了,不是像简单的遗忘那样必然地丢失,而是迷失在纯粹的讲述故事的过程中,迷失在一种"神话"(mythos)之中,尽管对"见证的可能性"的根本性质疑使它变得更为复杂。

　　深入策兰的作品,修订《换气》的译文,并开始翻译晚期的诗集,我发现"zeugen/Zeuge"在语义上的多层性很明显比我最初理解的复杂得多,德语词"zeugen"也有"产生,形成"的意思,它通过拉丁词根"testis"的转化在英文词"testify"中延续了它的含义,它既指"见证",又指"睾丸"(是男性生殖力的见证)。我们也必须记住诗歌《根系,矩阵》中的"枝条和睾丸"或者(德语原文中的)"Hode"一词(一种语义的延伸将我们引向了"证据"和"遗嘱"的意思——很显然它们是能将"见证"主题复杂化的词语)。不幸的是,在英语中没有以动词"testify"为语义基础的"witness"的同义词(逆构词的"tesfier"听起来奇怪而且无用),所以最终译文变成了:"nobody testifies for the witness",虽然这种翻译使德语词"zeugen"获得了一些丰富而复杂的语义,但却摧毁了德语诗歌中特有的"行的诗学"以及重复与内在韵律的使用,而这是策兰最喜欢的和最耐人寻味的诗歌手段之一。对于一词多义问题(到目前为止)我找到的最令人满意的解决办法是下面这种翻译:"Noone/bears witness for the/witness",(我们希望)细心的读者能在这种翻译中聆听到德语原文的"生殖"意义在英语译文中的"回响"。

　　最近,我读到了雅克·德里达的一篇极好的文章,他梳理了拉丁词根"testis"的深层含义,将它与"terstis"一词联系起来。他引用了埃米尔·本维尼斯特①的《欧洲机构词典》("Dictionary of European Institutions"):"从词源学上看,testis 是在一个涉及到两个人的交易中,作为'第三者'(terstis)出现的人。"因此德里达认为,这一联系也将照亮诗中另一个费解的意象,即,两次出现在这首诗中的"三岔路口"(Dreiweg)。他写道:"这首诗承担了见证。我们不知道(这种见证)是关于什么和为了什么,关于谁和为了谁,在'为了承担见证的承担见证'中,它承担见证。但它只能承担见证。因此,当它谈及见证者时,它也是在说作为见证者的自己或者承担见证的过程。这是一种诗学的见证。"②

但是越过对过去的见证,策兰也为一种新生("vita nuova")的可能性见证——也许仅仅或主要是以一种间接的方式,正如德里达指出的那样,是通过见证这首诗的可能性,通过让这首诗自己说出那种见证来实现。出自诗集《换气》中的《线太阳群》一诗,它的构词法将被运用到下一部诗集的标题中,这一事实预示着这首诗自身的重要性。

我在这本诗集的引言中这样评述这首诗,这些"'线太阳群'(These Fadensonnen)交迭进入词语,显示出延伸的线,它们比一般的线('thread')更丰富,它还带有英语中'fathom'一词的某种意思,它是通过印欧语系的词根"pet"和日耳曼语的"fathmaz"合成而来,它的

---

① 埃米尔·本维尼斯特(Emile Benveniste, 1902—1976),法国语言学家和符号学家。
② 雅克·德里达."一个自我拆封的诗学文本":见证的诗学与政治学[M].//迈克尔 P. 克拉克(Micheal P. Clark).美学的复仇:文学在当代理论中的位置.伯克利:加州大学出版社,2000:186,198.(原注)

本义是'两臂伸出的长度'。"因此这个"线"是测量空间的方式,或是'声测'深度的方式(诗中提到了'光的音调'或声音),或许这"线"也是一种尺度,或者是一种世界和诗歌的新尺度。如果诗集《换气》宣告了策兰进入晚期创作和彻底的诗学革新,那么它也暗示了一种必要的转折和变化(实际上已经发生了),那么接下来的一部诗集就谈到这种精确的新尺度。这个世界所需要的新尺度被看作"灰黑的荒原",它连接着上与下、内与外、高树的思想与灰黑的荒原。策兰继续写道,因为"那里依然有歌/在唱",这是在现实处境的逼迫之下写出的诗——《光之逼迫》就是下一部诗集的标题,而这些诗是"人类之外的",它超越了任何旧有的人文主义的美学范畴(正如他此时告诉埃丝特·卡梅伦:我一点也不在乎美学的建构)。他的写作几乎从一开始就朝着这样一种后美学、后人文主义的状态前进。即使是在早期作品中,比如在《死亡赋格》中,他仅仅通过对传统审美形式的反讽式运用就实现了这一点。而他后期的作品才完全实现了上述这种美学追求。正如胡戈·胡佩尔特[①]回忆策兰曾说过的话:

"当《死亡赋格》——它到目前为止已经被反复选入多种教科书中——被大肆推广的时候,我就不再音乐化了……至于我所谓的加密,我宁愿说:无需掩饰的歧义性,这样正好符合我的观念交叉和关联重叠的感觉。你知道这种相互干扰的现象,相同频率的波交汇在一起的效果,我试图从事物的频谱分析中重现这些狭窄的通道,在多个

---

① 胡戈·胡佩尔特(Hugo Huppert,1902—1982),奥地利诗人、作家和翻译家。

层面上同时去展现它们,……我将我所谓的抽象性和实际的歧义性看作是现实主义的时刻。"①

1970年4月6日,策兰在给他的朋友伊拉娜·斯慕丽的一封信中写道:"当我阅读自己的诗时,它们就立刻授予我存在和保持挺立的可能。"②两周之后,策兰自溺于塞纳河,在为一种新生的可能性不知疲倦地挺立了一生之后,策兰耗尽了他的生命。他的一生是幸存者的一生,是的,但又不仅仅如此。在我看来,策兰一生都在用他的生命和作品的"诗"与"真"希冀和护卫着一种人性(humanitas),而现在很有必要将策兰重新放回到这种"人性"的范畴中来。我们才刚刚开始学会如何阅读策兰的作品,也许对待这项艰巨任务的最好办法,就是用心领会策兰在给勒内·夏尔一封未发出的信中说过的话:"对你作品中没有——或尚未——对我的理解力敞开的东西,我以尊敬和等待来回应:一个人不能假装他已完全领会——:如果那样,对于未知的存在——或进入存在的诗人都将是一种不尊重;就忘了诗是一个人所呼吸的东西;是诗把你吸入。"③

---

① 韦纳·哈马赫,温弗雷德·门宁豪斯.保罗·策兰[M].美因河畔法兰克福:苏尔坎普出版社,1988:320-321.(原注)
② 伊拉娜·斯慕丽(Ilana Shmueli).说吧,耶路撒冷犹在。关于保罗·策兰:1969年10月—1970年4月[M].埃京根:爱瑟丽出版社,2000:75.(原注)
③ 策兰给夏尔的信的中文译文引自《带着来自塔露萨的书:王家新译诗集》附录部分。

我是谁,你又是谁①

(德国)汉斯-格奥尔格·伽达默尔
王家新等　译

> 在诗人洁净的手中,
> 水花将如簇如拥。
> ——歌德

在他后期的诗中,保罗·策兰逐渐移向词语的无声的沉默之中,这沉默使人屏息、静止,这些词语也变得十分隐晦。接下来,我会分析选自《换气》②诗集中的一系列诗,该诗集于1965年曾以《呼吸水晶》(Breath-crystal)为名作为收藏本出版。每首诗在这本诗选中都有着它的位置,在诗选的特定语境中,每首诗也都达到了相应的精确——但是整本诗集却是密封的、编码的。它们在说着什么?谁在言说?

---

① 该文译自《伽达默尔论策兰:"我是谁,你又是谁"及其他散论》。在这篇长文中,伽达默尔解读了策兰《换气》诗集中的21首诗。我们曾译出8首诗的解读文字,刊于《新诗评论》2009年第2辑。限于篇幅,这里选出序文(节选)及对4首诗的解读,并对译文有所修订。文中策兰的诗,均由王家新译出,其中《在这未来北方的河流里》《在冰雹中》参照本书德文审校者的意见又有修订。齐丛新、何烨最初参与了对《在这未来北方的河流里》《顺着忧郁的急流》两首诗解读文字的初译。
② 《换气》为策兰1967年出版的一部诗集,共收入80首诗。关于《换气》,策兰生前在给妻子的信中讲这是他迄今写下的最有诗意的一部诗集,也是最难理解的一部诗集。

* * *

In den Flüssen nördlich der Zukunft

werf ich das Netz aus, das du

zögernd beschwerst

mit von Steinen geschriebenen

Schatten.

在这未来北方的河流里

我撒下一张网,那是你

犹豫地为它加重

以被石头写下的

阴影。

读者不仅要准确地按照诗中的断行来读这首诗,还必须按此方式来聆听。策兰的诗,通常是一些短句子,并且非常精于断行。在更广阔流畅的诗作中,如里尔克的《杜伊诺哀歌》,尤其在那些按照头版出版的诗作中,都不可避免地有大量技巧性的断行,只有这样独特的诗歌停顿方式才使得策兰诗歌中的末行拥有了签名般的简洁。在这种例证中,这首诗的末行是一个词:"阴影"——这个词犹如它象征的事物一样沉重地降临了。是的,它是一个结论,以如此的方式,这个词将整体的各个部分汇集起来。另外,补充一下联想到的意义,"shadows fall"一般指阴影投落下来。哪里有阴影和黑暗,哪里就有光和辐射,这样,这首诗的确变得明亮了。我们联想到的正是这首诗接近于冰水般的清澈与冰冷。太阳透过水面照射着水底。填充渔网并使之下沉的石头投下了阴影。所有这些都是充满了美感和具象化的:渔夫撒下网,另外一个什么人协助他使渔网下沉。这里的"我"是谁?"你"又是谁?

这个"我"是一个撒网的渔夫。撒网是一个纯粹期盼的举动。无论谁撒下网,就是指他做了他能做的事情,接下来他必须等着看是否能有所捕获。诗中没有说这个举动何时完成。这是一种格言式的存在;换言之,这种行为会一次又一次出现。首句中的"在这些河流里"这种复数形式强调了这一点,不同于与它相应的词语"waters",它并不是指一个模糊的处所,而是指那些被人们所寻找的很具体的处所,因为它们给人们允诺了美好的回报。而这些地方都处在"未来的北方",也就是说,它们离我们非常远,超出了通常的道路和方向,来自没有人去捕获的地方。这首诗看起来讲述的是一个"我"的非常奇特的期望。它盼望着在经验的期望没有延伸到的地方有一些事物出现。每一个"我"不都是有这样的期望吗?在朝向未来的每个"我"中,不都是存在着这样一些相同点吗?这个未来超出了人们预先的指望。这个"我",如此不同于其他人,准确地说,它是任何个体的"我"。

这首诗虽然只由简单的一句话构成,但它巧妙勾画出的弧形却建立了这样一个事实,即"我"不是孤单的一个人,而且仅靠个人之力,"我"不能把捕获物拉上来。这就需要"你"。这个"你"突出地出现在第二行的末尾,好像处于静止状态,就像一个无限的问题,在诗歌第三行延续的诗句中甚至是在诗的后半部分中,它将获得它的意义。这里非常准确地勾画了一个动作。无论"你"可能是谁,诗中的犹豫并不是指一种阻止"你"充分地和渔夫"我"分享信心的内在的犹豫不决或怀疑。如果这样理解诗句中的犹豫那将全错。犹豫所形容的是"你"填充渔网时的动作。为了使渔网负重,那就不能放太多的石头也不能放太少:太多,渔网就会下沉;太少,渔网就会漂浮起来。正如渔夫们所说,渔网必须"立起来"。这就说明了填充渔网时之所以会犹豫的原因。填充渔网时一个人必须小心地放置石子,一个接一个,仿佛是在天平上,一切都有赖于重量的平衡。无论谁能这样地填充渔网,谁才有可能帮忙捕上鱼。

不管怎么说,这个充满美感的具体过程被巧妙地提升到想象和精神的高度。第一行中的"未来北方",这个令人费解的组合就已经促使读者去思考这种讲述的普遍意义。诗后半部分中的布下渔网以石头写下的阴影,这个同样费解的组合也体现了同样的作用。如果人类常有的期望一开始就体现在渔夫富有美感的姿态中,那么现在这个期望的意义以及它的可能性被进一步地限定了。因为,看上去在这首诗里显示的只是两种行为之间的相互作用:把渔网撒出去和给渔网负重。在两者之间存在着一种神秘的张力,把它们结合起来成为一体的是那种捕获的承诺。事实上,这一捕获依赖于负重与撒网之间神秘的抗衡。如果认为负重会妨碍撒向未来的网,认为它是纯粹的期望的阻碍,这些观点都是不对的。在很大的程度上,正是这种张力把未来的必然性放置在期待的空虚和希望的徒劳上。"写下的阴影"这个大胆的隐喻,在一个整体的行为中,它不仅强调了什么是想象的和精神的,也印证了有些感觉到的事物。被写下的东西是可以辨认的。它有所意指，但却不是简单的对于重负的迟钝抵抗。也许可以这样译解：正如渔夫的行为是一种承诺，仅仅因为撒网和负重之间的相互影响，所以认为人类的生活是为了未来的缘故而生活的这种观点，并不代表一种朝向未来的无限敞开；正如一本出自经验和失望的书中所写的一样，它也受制于过去，受制于它一直保持的状态。

但是这个"你"是谁？听起来，好像这里有一个人知道"我"刚好能负载多少，知道人类的进取心刚好能承受多少，而勿需为了撤回而限定希望。一个无限的"你"，——也许人们会在这个"你"身上意识到亲近或是遥远的某个人，甚或我自己就是"你"，当我的乐观可以接受现实的局限性时。无论如何，在这些诗句中真正揭示的和"我"所借助于现实的，是"我"和"你"之间那种为了捕获的承诺的相互作用。

但是接下来这里的捕获意味着什么呢？诗人和"我"之间流动的转换允许我们同时以特殊和一般这两种感觉或更好的一种去理解它：为了认识特殊中的一般。而那将会成功的捕获，可能是这首诗本身。诗人把网撒向清澈和沉默，发现语言流动的水域，在这里允许他期望自己独特与新奇的大胆能使他获得回报，在这里诗人可能指的是他自己。当诗人像这样把他自己描绘成一个"我"时，语境也会给他提供鱼——不只是世界文学这个更大的语境，这类世界文学喜欢获取来自泉水或海水黑暗深处的珍宝，例如，读者会想起斯蒂芬·格奥尔格著名的诗《镜子》和《词语》，但是它也是由诗歌内部的特殊语境来支持的，这一语境引出了真正的诗歌，它不是"虚假的诗歌"，不是由于推测导致的使人误解的誓言，不是词语的徒劳生产，在那里，语言被反复地扭曲。根据诗人和他寻找合适词语的期望来理解这首诗是完全合理的。然而在这里,并且不只是在这里,它所形容的远远超越了诗人的特殊性。现代社会的一个基本隐喻就是诗人的活动是人类自身存在的例证。诗人使这个合适的词语变得不朽,不是由于它的特殊的艺术成就,而是由于它更具有普遍性,成为人类经验可能性的一个标志,允许读者成为"我"的那个人就是诗人。在我们的诗篇中,"我"和"你"根据神秘的一致活动来描述,而这个活动并不只是存在于诗人和他的神或上帝之间。人或上帝,并不会受到限制自由的那些累积的词语阴影的负重。在这首诗中,可以很好地被用来意指诗意存在的独特活动性是:只有当"你"是谁变得清楚了,"我"的身份才能表达出来。如果诗人的诗句把普遍性具体化,那么我们中的每一个人都会准确地占据诗人宣称的属于他自己的那块领地。我是谁?而你又是谁?这首诗打开了这个问题,并给出了它自己的答案。

奥托·波格勒①暗示:"未来北方"可以理解成死亡的版图,因为任何未来的降临都会被死亡无形的深渊所替代。死亡作为一种基本人类经验的彻底化,它给所有的存在施压,将会使得把"你"理解成对于死亡的思考成为必要。事实上,以这种方式,"未来北方"将会被更准确地理解为:在这一点上,不再有任何未来,同时,进而不再有任何期望。只有:一网鱼。这值得进一步思考。这是对死亡的接受吗,当它预示着新的捕捞?

---

① 奥托·波格勒(Otto Poggeler),德国哲学家,以研究黑格尔、海德格尔著称。

*　*　*

DIE SCHWERMUTSCHNELLEN HINDURCH,

am blanken

Wundenspiegel vorbei:

da werden die vierzig

entrindeten Lebensbäume geflößt.

Einzige Gegen-

schwimmerin, du

zählst sie, berührst sie

alle.

顺着忧郁的急流而下

经过发亮的

创伤之镜：

那里，四十棵被剥皮的

生命之树扎成木筏。

唯一的逆——

泳者，你

数着它们，触摸它们

一切。

这是关于时间的体验。从某一点看来诗中的暗示变得可触可见。有一个人正在思考着四十岁的迫近,当然,这是诗人自己。而诗人在这里关于他自己所说的包含了某种普遍性,那是对于我们大家都很普遍的特定的四十年,而不仅是对诗人自己。说到抒情的主语,很显然,包含了我们所有人的"我"在整首诗中都不必出现。这个包含了所有人的"我"思考着这四十年,思考着四十年来降临在我身上的一切和我遇到的一切。时间的忧郁,急速的河流,并不因为它的存在,而是因为它的突然和未可预知性使人感到某种危险。正是"忧郁的急流"这个词,就像"我"经历的每一次考验,唤起了一个人对突如其来的事物的恐惧。现在,穿过较舒缓的水流,来到了一片宁静的海,不同于急流,它的表面是如此静寂如镜,以致映照出了一切。映照出我们的知识与记忆,映照出可见的伤害留下的触目的痕迹,这些伤痕成了冲刷而去的生命的痛苦的见证。这些伤痕的大部分,会在生命的平衡中呈现、升起。

而诗中真正的运动乃是生命的继续,历经苦涩的失望和裸露着光泽的苦痛。在其中漂浮着的陈年的生命之树被"剥了皮"。这也许意味着本核的暴露(为了一个人的记忆?),使得一切累赘都被剥离掉,抑或是生命已不复存在了。皮的剥离使生命的树液无法继续循环下去,只剩下木质的遗骸。无论怎样,生命之树漂浮着,水的力量载着它们顺流而下。对于徒劳地逆流而上的人,诗中的唯一的逆泳者,那些突临的失望,触目清晰的伤痕,生命中包含的一切,都不复存在了。这个逆泳者被赞许着,颂扬着,冠以"你"的名义。

最后一行的"一切"使这种逆泳的含义变得清晰。逆泳者数着、触摸着这些生命之树。这种均衡准确的努力使它变得确信,对我来说,这个逆泳者似乎正是时间自身的流淌。没有什么可以从生命的初年中恒常、稳定、不可分离地留下来——无论人类的记忆、回忆,或他者的关照怜悯,都做不到这一点。柏拉图说时间是数数的运动。在这里,逆泳者很显然不仅仅是以某种标准去测量运动,而且她(she)①为抵抗终止之流的涌来做着努力。只有在这一意义上,她才是永恒的标准,才可以数着和丈量着一切。数着它们,就像亲手触摸它们一样,她才能确知一切的流逝。在这种意义上,没有什么可以逃过时间的丈量,一切的一切,包括那些在"生命"中"未数过"的隐藏的和被遗忘的痛苦。被数着的,乃是整个的生命。亚里士多德说灵魂是与时间共存的。计数者的力量,不会等着被淘汰,也不会停滞不前,她数着一切,并不是时间本身,毋宁说是"我"作为自我的坚持与承受,无论时间是怎样照常流淌。正如奥古斯丁所说过的那样,在自我中,一个人的生命历史聚合成为一个整体,在自我中,时间是第一存在。在"我"的自我同一性中有某种神秘的东西,它因忘却而存在——但它也只是因为所有的岁月都被触摸着、数量着、未被忘却而存在。时间的本质就是"我"的过去的一切从未离开,当然不仅是四十岁或其他类似的一切,任何人回首过去,都会以这种方式意识到所抓住的一切。在这里,"我"确切地体验着计数一切的时间与自我生命意识的差别。就在时间的和谐中,在可以为它自己想象时间本身的自我意识的安祥中,四

---

① 策兰所用的"Gegenschwimmerin"("逆泳者"),就像"Zeit"(时间)这个词,在德语中都为阴性词。(原注)

十岁的生命开始意识到他自己的更高层面的自我。

* * *

Beim Hagelkorn, im

brandigen Mais-

kolben, daheim,

den späten, den harten

Novembersternen gehorsam:

in den Herzfaden die

Gespräche der Würmer geknüpft -:

eine Sehne, von der

deine Pfeilschrift schwirrt,

Schütze.

在冰雹中,在

烧焦的玉米——

穗心里,在家,服从于

晚来、坚硬的

十一月之星:

蠕虫的会话
编织进心线里——：

来自，一道弓弦，
你的箭迹的飕飕，
弓箭手。

就像前面的诗包含了对死亡的思考意识一样，这首诗也直接地写到了死亡。

毫无疑问，诗最后的词"弓箭手"是一个死亡的隐喻。但是这个领域的许多其他的东西显然也被暗示出来，如"冰雹""烧焦的玉米穗心""坚硬的十一月之星"。策兰来自于东欧，从这些东欧的艰难冬天的事物那里，一个人会感到它们是如何唤起他生命的情感中深深纠缠的短暂存在的知识：死亡的思想，蠕虫的会话，在"心线里"被"编织"。这就像一种内在的绞痛，或者更确切地说，一种关于我们存在的有限和短暂的必然性的最深切的理解。

整个作品明确、简练。那里有两个冒号，第二个被连字符号加强。它们允许诗最后的短语像一个结尾一样在两个前提后面跟随。这个结束语把在它之前出现的一切，都包含在发出箭的飕飕声的拉紧的弓弦这个意象里。然而，这却不是从弓弦飞离的箭，即死亡本身，而是"箭迹"。如果箭在书写，这是一个讯息，一个宣布。无疑，这种书写将告诉我们一些特殊的事情：那是从诗中所有命名的事物所发出的短暂性的讯息。这是一个讯息。总之，这个诗歌文本的作为一种支撑的需要区分的语义学元素,不仅宣告了短暂性,也果决地接受了短暂性。一种被支持的显示的意义,因而会是"服从"这个词,它认出冬天的定位。而相应的"在家",在冰雹中、在烧焦的玉米穗心里,是一种类似的理解。当然,"在家"并不一定联系到东欧的家乡,它在冬天的降临和死亡与短暂性中安顿。因而,诗的中间部分包含了双重的断言,冬天降临的标志与内心意识到的死之必然性。这就是为什么"蠕虫的会话"会"编织进心线里"。短暂性的内在啮咬,并不停留在外面的绞痛上,而是完全进入了内部。在这个意义上,那引来结尾的两个前提,通过宣告变得可靠。结尾是有效的:发送讯息的箭是死亡的必然性,它从不错过它的目标。对此还有一点要说:弓箭手的死亡书写将把他的词语写入一种单独的、完全准备就绪的目标。

也许一个人应进一步地展开联想,并意识到心线也是一种弓弦,来自于箭之书写。因为这心线,在它上面蠕虫在啮咬,在某种意义上是生命自身的颤动:在那一点上编织着蠕虫的会话。结尾的句子没有推演出新的东西,它只是总结。这短暂性的深刻的内在必然性和死亡,并不像致命的弓弦,它的射击突然撕裂一个目标,很相反,它是生命自身的拉力。没有多少来自心弦的死亡像它那样信任死亡的必然性——这种必然性乃是生命,那种对每个人来说,经过箭之书写的突然打击,往往已被辨认出的生命。

* * *

Harnischstriemen, Faltenachsen,

Durchstich-

punkte:

dein Gelände.

An beiden Polen

Der Kluftrose, lesbar:

dein geächtetes Wort.

Nordwahr. Südhell.

盔甲的石脊,褶皱之轴,
插刺穿裂——
之处:
你的地带。

在隙缝之玫瑰
两侧的极地,可辨认:
你的被废除的词。
北方真实。南方明亮。

两种陈述在诗中相对应排列:地形和词语。"你的地带"是"你的"词语的地带。这两个诗节于是走到一起。第一诗节中"盔甲的石脊""褶皱之轴""插刺穿裂"这种不寻常的表达,就像第二诗节中的"隙缝之玫瑰",把我引入了迷途。它们一起属于并堵塞在了那同样的语义学的领域。所有的它们都是地质学的术语。因而一个人,如同我也许会做的,会立即推演这最初的三种表达描述的是地球地壳的构成。是的,如同我所正确地看到的,它们也关涉到语言的盔甲。这地形是词的地形。如同我现在更清楚地看到的,诗中所有都是地形的描述。它的断层和外壳以及那些地点,在那里,更深的地层裂开了它的外表。

没有别的在这种奇异的表达中。当我写下以下这些时我已走得更远:"最初的世界,一个词的刀剑挥舞的世界,在相乎搏斗的双方之间,并不被视为一种对方,而是作为同一个,当词语刺探并试图刺穿盔甲。这个词是'剑',寻找着盔甲可以被刺穿的所在。谁的盔甲?在那戴着的盔甲后面谁在讲话?这似乎就是诗歌要做的:刺穿语言的盔甲而朝向真实。"

那里有一些东西并不恰当,它们被这一事实所指示:我可以理解"盔甲的石脊"只是在石脊的体形被盔甲构成的时候,褶皱之轴和插刺断裂所在也不过意味着盔甲自身。只从我在这之后知道了常用作军事用语的"地带"是地质学的标准概念。诗人明显地被它们的诗意性质所激发。这种表达暗示了诗人——任何诗人——与语言的关系。它是一个语言的盔甲和语言中的内在潜力具体化的问题。我现在仍难于发现"盔甲的石脊"与"褶皱之轴"这两者之间的联接:这是一个地质学者如何描述地球地壳的问题。因而,那种认为"插刺穿裂—之处"指的是试图刺破敌人盔甲的武士搜寻的一瞥的看法就显得虚假。就像其他诗人,策兰的这种表现也并非是一种巴洛克式的发明,而是一种地质学术语上的艺术。是的,这种语言,也关心在可见的地形构造上地壳的分层和分类的描述问题,而那正是地质学家的任务——如何定位以测探地球内部的秘密。

定位是一个关键词:对存在的大地形态——那显示地球表面如何构成的历史——充满敬意的定位,发生在语言的领域里,在它的形式、语法、惯用法、句子结构和观点的形式里都被具体化了。那里对任何事物都有一套固定的规则和惯例,那里也标示出哪里有测探更深的地层的可能性。在这种表现中,尤其是"插刺穿裂"这种试图刺破盔甲的武士的意象,在那些只是熟悉地质学术语的任何人那里就不会出现。但是我想我这样做并不错,扩展诗所描述的当诗人试图打破语言的坚固惯例和空洞言辞时的那种语言经历。在诗的第二节里,"地质学"的修正对我更有用。这里最突出的意象,它的定位仍保持着对地形的敬意。"隙缝之玫瑰"是一个为了定位指示的地质学术语,就像一个罗盘,指向一个测度。每一个学地质的人都知道这一点,所以我们的博学诗人不需要多说什么。再一次,这里有一个诗人的词语需要定位的问题。随着诗所指示的方向,无可置疑地,北方和南方两极在这一节的首句和末句中被提及,并像导航者的罗盘那样工作,以这样的指示,发现和把握正确的路线——即使当一个人并不在海面上。实际上,虽然我仍然不确定这个地质学家何以称他的大地罗盘为"隙缝之玫瑰",但我认为这首诗免除了我们提一些地质学家的特殊的问询。的确,这首诗邀请我们改变方向,径直转入语言的领域。在这里不容含混。因为它说"你的被废除的词"。这个词是"废除"。这不只是一个不屑或轻蔑的强烈的表现,它也意味着:恨和迫害。被废除意味着失去一个合法的家,以及被放逐、被剥夺。现在,这首诗明白地说这个词一直不公正地被放逐:这个词确切地说是一个人牢牢保持的正义之道,那不能被任何力量扭转的方向和路线。它依然清晰、纯洁如初,"隙缝之玫瑰"标识出沿着它前行的路线。

这一节诗说的"隙缝之玫瑰",它设想可在北方和南方两侧的极地被辨认。这个词应该像它曾是的那样熟悉,威胁着它的,是全部刻度的偏差可能性。这个被放逐的词,自身不被保护的词,应在两侧的极地辨认。作为一个结果,"放逐"一词在这里获得准确的意义:这是一个被它自己留下的词,避开一切,认为自己不被任何一边需要,因为它所宣布的真实的优越性。这意味着这个词在两方面都是真实的:北方真实,而且明亮:南方明亮。但是这个词也是"你的"词。谁在这里被称呼?在策兰的诗里(也许在他的任何诗里?),当然没有固定的原则用来回答"我是谁,你又是谁"这个问题。我不以为这些诗里的"你"被称为"你"的时候才是"你",或诗里的诗人说"我"的时候人们才想起他,这对我来说都是不对的。当"我"说"你"时,难道不是指他自己?谁又是我?"我"从来并不仅仅是诗人。这也往往是读者。在他的《子午线》演讲里,策兰正确地强调了一首诗"自我忘却"的性质。那么,这是谁的词语?是诗人的?诗的?或仅仅是被一首诗重复、宣布的词?或者,也许是一个我们都知道的词?什么是"你的"?并被指称为"你"?这些含义在一开始就没有确定下来。如我最初已经假设的,在语言的领域里定位,并不一定非要提供什么诗人或诗的自我命名。也许,可以如是说,作为一种揭露,是上帝的词正好穿透了大地盔甲的"插刺穿裂之处"。"你的被废除的词",甚至可以指向那古老的十诫,被设想作为北方——南方之轴,提供出可靠的定位。也许,它也指向任何真实意义上的词。一个人也许最终无任何理由在真实的上帝的词和真实的诗人的词之间，以及在真实的词本身之间做出区别。

在《子午线》演讲里，策兰为我们提供了一些这方面的证词，他指出在有抱负的诗歌那里，"以他者的方式言说——天知道，也许是以全然的他者的方式"。策兰在这里强调提到的是"全然的他者"，这是鲁道夫·奥托①用来称呼信仰的历史中的神圣者的概念。这首诗因而同时可以作为真实的词和被废除的词。空洞言辞的外壳在"插刺穿裂之处"被认出——然后接替它的只能是一首诗，纵然诗人可以宣称他的词是被废除的——甚至在他获得了毕希纳奖那样的荣誉之后。我们不需要问我们自己"我是谁，你又是谁"，诗将对任何回答都说"是"。现在，这两节诗组成一个完美的整体。这是一个在语言的领域里定位的问题。正如地表的浮现形成允许地质学家与其说是触及不如说猜想地球的深处，诗为自己留下的词语，将依据自身真实的罗盘，寻找并探测那隐藏的深度。

---

① 鲁道夫·奥托（Rudolf Otto，1869—1937），德国宗教学家，哲学家，先后在哥廷根、布雷斯劳和马堡大学担任教授。

从"晚期风格"往回看[①]
——策兰对莎士比亚十四行诗的翻译

王家新

> 伟大的翻译比伟大的文学更为少见。
> ——乔治·斯坦纳

作为一个诗人译者,在英语中,策兰主要致力于翻译艾米丽·狄金森和莎士比亚。

据传记材料,早年在纳粹劳动营强制劳动的间隙,策兰在写诗的同时就尝试翻译莎士比亚。1963年夏秋,也就是在他进一步确立他的"晚期风格"的阶段,他在以前多次翻译的基础上译出了21首莎士比亚的十四行诗。

人们很早就注意到策兰的这种翻译,因为就像费尔斯蒂纳在策兰传中所说,在策兰的译文里,"莎士比亚经受了巨大的变化,变成了丰富而又奇怪、往往非常奇怪的东西"。[②] 就在策兰逝世后不久,策兰的朋友、批评家彼特·斯丛迪就曾写过一文,专门探讨策兰对莎士比

[①] 本文原题为《从"晚期风格"往回看:保罗·策兰对莎士比亚的翻译及其对我们的启示》,刊于《文艺研究》2013年第4期。收入本书时限于篇幅有删节,并有所修订。

[②] FELSTINER J. Paul Celan: Poet, Survivor, Jew[M]. New Haven: Yale University Press, 2001: 203.

亚十四行第105首的翻译。① 苏黎世大学教授弗雷在后来也探讨过策兰对莎士比亚十四行第137首的翻译,并为其"差异"辩护:"差异不仅不是翻译的缺陷,它也是允许自身作为另一种话语从原文区别开来的东西"。②

但是,那里仍有一些重要的问题,首先,为什么策兰会选择莎士比亚?策兰翻译狄金森比较好理解。狄金森对孤独与死亡的承担,她的简练句法和隐喻性压缩,对策兰都会是一种深刻的激励,但莎士比亚却是一位和他的风格如此不同的文艺复兴时期的诗人(如从风格和个人趣味而言,策兰可能更喜欢英国十七世纪玄学派诗人邓恩、马维尔,他也曾译过数首他们的诗),另外,我们还要注意到一个事实:不同于里尔克,策兰一生从未写过十四行诗。

我想,如果说策兰翻译狄金森基于一种深刻的认同,莎士比亚,这则是他同"西方经典"进行对话的一个对象,尤其是在他作为一个更成熟的诗人重新回到翻译上来的时候。的确,如果要同"经典"展开对话,还有谁比莎士比亚更合适呢。

而这种对话,也绝非一般意义上的对话:在策兰这样一位奥斯维辛的幸存者和见证人那里,必然包含着一种重新审视,包含着一种内在的争辩和质询。曾十分关注策兰诗歌的法国哲学家莱维纳斯认为"语言的本质"是一种"质询"。在策兰对莎士比亚的翻译中,就深刻

---

① SZONDI P. Celan Studies [M]. BERNOFSKY S, MENDELSOHN H, translate. Stanford: Stanford University Press, 2003.
② FIORETOS A. Word Traces: Readings of Paul Celan [M]. Baltimore: the Johns Hopkins University Press, 1994: 346.

体现了这种"质询"。

而这种语言的自我质询和"重写"的可能,其实也潜在于莎士比亚的文本中。正因为莎士比亚的十四行诗具有了如此的"经典"意义,对策兰来说,也就有了重写的空间和可能性,更具体讲,有了"借"与"还"的可能性。斯坦纳在他的《巴别塔之后》(After Babel, 1975)中认为翻译是一个"信任"(trust)、"攻占"(aggression)、"吸纳"(incorporation)、"恢复"(restitution)或"补偿"(compensation)的过程,其间充满了"信任的辩证,给予和付出的辩证"。① 策兰对莎士比亚的翻译,正充满了这样的"辩证"。

这一切,也都体现在策兰对莎士比亚十四行第5首的翻译中。我们首先来看原诗:

> Those hours, that with gentle work did frame
> The lovely gaze where every eye doth dwell,
> Will play the tyrants to the very same
> And that unfair which fairly doth excel;
> For never-resting time leads summer on
> To hideous winter and confounds him there,
> Sap check'd with frost and lusty leaves quite gone,
> Beauty o'ersnow'd and bareness every where.

---

① 见:乔治·斯坦纳.通天塔——文学翻译理论研究(即《After Babel》节译本)[M].庄绎传,编译.北京:中国对外翻译出版公司,1987.

> Then were not summer's distillation left
> A liquid prisoner pent in walls of glass,
> Beauty's effect with beauty were bereft,
> Nor it nor no remembrance what it was.
> 　　But flowers distill'd, though they with winter meet,
> 　　Leese but their show; their substance still lives sweet.

以下,我们将读到梁宗岱先生的汉译。近百年来,对"莎翁"十四行的翻译一直是数代中国诗人翻译家的重要目标,而梁先生的翻译,不仅为全译(154首,卞之琳先生只选译了7首),也广受好评,它们不仅影响了数代中国读者,也影响了一些后来的译者。现在我们来看梁译(选自《莎士比亚全集》第11卷,人民文学出版社,1988):

> 那些时辰曾经用轻盈的细工
> 织就这众目共注的可爱明眸,
> 终有天对它摆出魔王的面孔,
> 把绝代佳丽剁成龙钟的老丑:
> 因为不舍昼夜的时光把盛夏
> 带到狰狞的冬天去把它结果;
> 生机被严霜窒息,绿叶又全下,
> 白雪掩埋了美,满目是赤裸裸:
> 那时候如果夏天尚未经提炼,
> 让它凝成香露锁在玻璃瓶里,

> 美和美的流泽将一起被截断,
> 美,和美的记忆都无人再提起:
> 　　但提炼过的花,纵和冬天抗衡,
> 　　只失掉颜色,却永远吐着清芬。

梁先生的译文,大体上忠实于原文,虽然一些地方也有问题,如第四句中的"绝代佳丽"、"龙钟的老丑"(老态龙钟),这类现成习语的套用就显得不那么合适,其间的一个"剁"字也未免太"猛"了点。此外,把第九句开头的"Then"译为"那时候",也值得商榷,从原作来看,这里的"Then"其实最好译为"那么"。

但从总体上看,这首译作在许多方面都堪称优秀,难以为人超越,其中许多句子,如第一句、第七句、第八句和最后两句,到今天也仍令人喜爱(尤其是最后的"吐着清芬",极具汉语之美,也恰好传达出诗的内在生命)。重要的是,梁先生没有像有的译者那样,为原诗的"五音步抑扬格"所限定,而是力求触及到其内在脉搏的跳动,并在汉语中再现其诗的质地。他基本上实现了他的目标。可以说,梁译以及卞译,都是我们能拥有的最好的译本,不具备他们那样的诗心、个性和语言功力,也译不出来。

但是,纵然如此,如果我们读了策兰的译文,我们不仅会有一种惊奇之感,也会回过头来重新打量我们自己的翻译。在我们这里,是不是也可以这样来译?我们是不是需要变革我们的翻译观并由此深化和刷新我们对存在和语言的认知?我们在今天怎样从我们的时代出发展开与经典的对话?等等。

现在,我们来看策兰对莎士比亚十四行第 5 首的翻译:

Sie, die den Blick, auf dem die Blicke ruhn,

geformt, gewirkt aus Zartestem: die Stunden —:

sie kommen wieder, Anderes zu tun:

was sie begründet, richten sie zugrunde.

Ist Sommer? Sommer war. Schon führt die Zeit

den Wintern und Verfinstrungen entgegen.

Laub grünte, Saft stieg ... Einstmals. Überschneit

die Schönheit. Und Entblösstes allerwegen.

Dann, blieb der Sommer nicht als Sommers Geist

im Glas zurück, verflüssigt und gefangen:

das Schöne wär nicht, wäre sinnverwaist

und unerinnert und dahingegangen.

Doch so, als Geist, gestaltlos, aufbewahrt,

west sie, die Blume, weiter, winterhart.

以下对策兰译作的汉译,除了依据德文原文,①我们也参照了费

---

① 在翻译过程中我得到了我的德语合作者芮虎先生的帮助,在此致谢。

尔斯蒂纳的英译。在具体的翻译上,除了第四句为"意译",大都为"直译"(当然不可能那么严格)。我尽量忠实策兰译作独特的语言方式,包括语序及标点符号形式。

它们,以最优雅的手艺,打造
打造凝视,让所有眼神歇息:这时辰——
它们再次来临,并做着不同的事情:
那从泥土培育的,它们打入泥土。

夏天?曾经是夏天。时光
已把它引向了冬天和昏暗。
绿的叶,胀满的汁……消逝。雪
掩埋了美。满目尽是赤裸。

那么,如果夏天尚未作为精华留存,
反复蒸馏,被囚于玻璃瓶内:
美将不复存在,只是感觉的反射
远远消逝并且不再被人忆起。

因而,作为精华,无形,被保存,
它活着,这花朵,更芳馨了,严冬。

读了策兰的译作,首先,我不禁想起了萨克斯满怀惊喜的称赞

(虽然她读到的是策兰对曼德尔施塔姆的翻译):"亲爱的兄弟,亲爱的保罗·策兰:你给予了我如此的安慰,如此的欢欣——这死亡的十一月和它一起发光!再一次,曼德尔施塔姆——从眼窝深陷的家族而来。你是如何使他从黑夜里现身,带着他所有的语言风貌,依然湿润,还滴着它所来自的源泉之水。奇妙的事件。变形——一种新的另外的诗和我们在一起了。这是翻译的最高的艺术。"①

这样的称赞,用在策兰的这篇译作上也正合适:"依然湿润,还滴着它所来自的源泉之水",不仅如此,它还是一件"奇妙的事件。变形——一种新的另外的诗",换言之,一首既忠实于原作而又为原作无法取代的诗。

对策兰的这篇译作,费尔斯蒂纳也这样做了概括:"它兼具莎士比亚的'实质',又带有策兰自己的句法(syntax)和发音(diction)——他的'表演'(show)"。

"表演"这个词耐人寻味——它可理解为译者自己的出场、个性的呈现和艺术的表现过程本身。

现在我们来具体考察策兰的译文。除了把一首莎士比亚式的十四行体变为一首分为四节的十四行变体外,在具体的翻译上,策兰一开始就对原文做了变动,即以"它们"来替代"那些时辰"。这种看似不起眼的变动,却起到了"一锤定音"的作用:它一下子与原作达成了深深的默契。

---

① CELAN P, SACHS N. Correspondence[M]. CHRISTOPHER C, translate. New York:The Sheep Meadow Press, 1995:16.

写到这里,我又想到了哈姆雷特的那句著名道白,从朱生豪的"生存还是毁灭,这是一个值得考虑的问题",到卞之琳的"活下去还是不活,这是个问题",等等,现在看来都还不够理想:相对于原文,这几种译文的前半句多少都有点简化了,而在后半部分,也未能完全进入到原作的语境,或者说,达成的"默契"还不够。"To be, or not to be: that is the question",哈姆雷特对自身存在的追问就是从这里开始的,他的全部遭遇和内在矛盾把他推向了这样一个临界点:这不是"一个"问题,这就是"那问题",或者说,这就是"问题所在"!

联想到这一点,我们会更加感到策兰译文与原文所达成的默契以及那种以"它们"来暗示"那些时辰"所达成的秘而不宣的效果。的确,它不动声色,但更能对那些对时间和死亡有至深体验的读者讲话:去一步步感受时间的那种"不言自明性",去感受"它们""再次来临"的力量。到了第二句的最后,才点明"这时辰",这不仅揭示了时间的"真面目",也以一个破折号,使它构成了下一句的叙事动因。这种巧妙的转换和联接,恰好展现了时间的既创造又毁灭的二重性。

第二节的开始,又是惊心动魄的一句:"夏天?曾经是夏天"。对照原文,这又是一种大胆的重写。它不仅把"夏天"单独提了出来,而且以一个加上的问号,指向了对生命的追忆和辨认。费尔斯蒂纳也指出了这一点:"当英文十四行诗移向现在时……德文(译文)已经在往回看了"。而这种"往回看",拓展了时间的纵深感,也使全诗带上了一种回溯的力量。显然,策兰把自己的一生都放在这样的诗句中了。至于冬天后面所加上的原文没有的"Verfinstrungen"(昏暗),出自他的笔下,更不难理解。德文版本中的冬天,其色调因此而加重,也更难辨认了。

至于第三节"反复蒸馏"中的"反复",是我加上去的,原文和德译中都没有,主要是出于汉语节奏上的考虑,也强调了"提炼"本身。而到了结尾两句,则完全是策兰自己的句法和发音了。它显得格外刺目(因为它和原文如此不同!),但也最具创意。策兰的艺术勇气在这里再一次体现出来:他毫无顾忌地打破了莎士比亚的流畅,拦腰把原文切断,再切断,形成了一种策兰式的停顿,甚至由此把全诗带向了"口吃"的边缘。

我们会首先感到:正是这种对原文的切断,或者说,这种语言本身的"分裂",使词"成为词",它突出了每个词各自的质地、份量和意味,它们相互脱节,但又相互作用——就在那严寒中,那兀自呈现的"这花朵"("die Blume")也显得更动人了!的确,那是一朵奇迹般复活的花的精魂——它不仅是莎士比亚的,也是马拉美的,但说到底,它是策兰自己的。他的这朵历经生死、在"严冬"中犹自绽放的花魂,让我们想到了他在《子午线》(1960)获奖演说中所说的:"诗歌在一个边缘上把握着它的立身之地。为了忍受住,它不住地召唤,把它自己从'已然不再'拽回到'还在这里'(Still-here)"。①

的确,它还活着,"还在这里",但同时——这多少也出乎我们意料,因为它打破了寻常的表现模式——冬天也依然在那里,并且愈加严酷了!这就是策兰译文中的最后一个词"winterhart"("严冬")。在

---

① CELAN P. Collected Prose[M]. WALDROP R, translate. Manchester: Carcanet Press, 2003: 49.

生与死、艺术与自然的持久抗衡中,策兰最终也达到了对"这花朵"的肯定,但他并没有因此而取消"冬天"的存在。他让对立面"共存"(因为这就是存在本身)——让它们共存于一句破碎而又极富张力的诗中。

一般说来,莎士比亚十四行诗的最后两句,往往是概括诗意、点明并强化主题的所在。但在策兰这里,一个"winterhart"成为了全诗最后的发音,而它不绝如缕,把我们引向更深邃、幽静、无限的境界,引向了"语言的沉默"(当然,要体会到这一点,我们得实现由"视觉读者"到"听觉读者"的转变)。由此,策兰也去掉了莎士比亚原诗的哲理意味(其实他从原作中吸取的是诗的能量,而非哲理,这在他译的其他十四行诗中也体现出来),在保留、深化其实质的前提下,力求使他的译文成为"诗的现场";换言之,不去阐发什么哲理,而是使它成为一种"存在之诗"。

这就是策兰的这首译作。莎士比亚的诗最后以这样的样貌、形体和气息呈现,看上去就像一个挥之不去的"语言的游魂",我猜想,这恐怕多少也出乎策兰本人的意料,但它正是语言的神奇赐予。①

但在策兰那里,这一切又是必然的。从第二节引入的"冬天"(Wintern),到全诗最后的"严冬"(winterhart),一切都在深化和递进。它最后发出的,已不是莎士比亚自信的声音,而是策兰式的在艰难压力下所释放的"喉头爆破音"!

---

① 策兰在同友人谈翻译的信中也这样说:"这是一种练习。它们都是练习。如果我可以借用海德格尔的话来说,那就是等待语言向我说话。"

正因为这样一个结尾,我们可以说,策兰对莎士比亚的翻译,在很多意义上,就是阿多诺所说的"晚期风格"对"古典风格"的重写。

在阿多诺关于贝多芬的论著《贝多芬:阿多诺的音乐哲学》中,"晚期风格"是一个核心概念。他这样描述贝多芬的"晚期风格":压缩("和声萎缩")、悖论、嘲讽、非同一性、脱逸("脱缰逃跑的公牛")、分裂、突兀停顿、"微观"眼光、碎片化,等等;"晚期风格兼含两型:它完全是外延型所代表的解体过程的结果,但又依循内凝原则,掌握由此过程散离出来的碎片""作为瓦解之余、弃置之物,这些碎片本身化为表现;不再是孤立的'自我'的表现,而是生物的神秘本性及其倾复的表现",等等。

在阿多诺看来,"晚期风格"反映了一种特殊的成熟性:"重要艺术家晚期作品的成熟不同于果实之熟。这些作品通常并不圆美,而是沟纹处处,甚至充满裂隙。它们大多缺乏甘芳,令那些只知选样尝味的人涩口、扎嘴而走。它们缺乏古典主义美学家习惯要求于艺术作品的圆谐。"

需要注意的是,阿多诺是相对于贝多芬的早期和"古典"阶段来谈论"晚期风格"的,他指出:"贝多芬的晚期风格,本质上是批判性的,……也就是说,它对已获致、已'完成'的全体性表达一种不满意"。它"视'圆满'为虚荣"。阿多诺由此还这样说:"最高等艺术作品有别于他作之处不在其成功——它们成了什么功?——而在其如何失败。它们内部的难题,包括内在的美学的问题和社会的问题(在深处,这两种难题是重叠的),其设定方式使解决它们的尝试必定失败……一件艺术作品的失败如果表现出二律背反的矛盾,这作品反而伟大。那就是它的真理,它的'成功': 它冲撞它自己的局限。……这法则决定了从'古典'到晚期的贝多芬的过渡"。

显然,阿多诺所说的这"法则",也决定了策兰对莎士比亚的重写。虽然策兰本人并没有用过"晚期风格"这类说法,他使用的是另一些他自造的词如"晚嘴"("spätmund""而一张嘴会对此饥渴,晚——/一张晚嘴……",见《收葡萄者》)、"晚词"("Spätwort","阅读之站台,在晚词里",见《闰世纪》),等等,但这几乎已十分接近了。

也正是以这种"晚期风格"对"古典风格"的重写,策兰对莎士比亚的翻译有了它的特殊的重要的意义。作家库切在评介策兰的长文中也曾留意到这一点:"至于莎士比亚,他一次次回到他的十四行诗里。他的译文是令人屏息的、紧迫的、质疑的;它们不想复制莎士比亚的优美。就像费尔斯蒂纳所说,策兰有时'把与英语的对话演变成了冲突',他依照他自己在他那个时代的感觉来重写莎士比亚。"[1]

的确如此,策兰不想复制莎士比亚的优美,而且要使它变得困难;不想重现莎士比亚的自信,而且要使它变得吃力;不想模仿莎士比亚的流畅,而是拦腰把它切断,亮出彼此之间的深渊。这就是他与一位经典大师的"对话"。这种对话当然往往是冲突性的。正因为如此,它不仅对策兰本人,对我们这个时代的诗歌来说,都会是一种激发。

这种重写,来自一个诗人"晚期"的授权,同时,如库切所看到的那样,也来自于诗人所生活的"那个时代"的授权。在一封写给维尔

---

[1] COETZEE J M. In the Midst of Losses[J]. The New York Review of Books, July 5, 2001.

曼斯的信中,荷尔德林曾提出翻译"应是校勘、体现、显晦,但也要修正"。斯坦纳这样阐发说:"这种修正和改进之所以可能乃至必需,是因为译者是以历史发展的眼光来看待原作的。时间的推移和人们感情的演变使得译者能够完成这一任务。译者所做出的修正是潜存于原作之中的,但只有译者才能使它表现出来。"①

一个"晚期"的莎士比亚就这样出现在策兰的译文中,重新打量他自己,并修改他自己。当然,这只是一种说法。在策兰的译文中我们强烈感到的还是策兰本人。有一种观点认为翻译是一种两种语言之间以及译者与原作者之间"妥协的艺术",然而策兰毫不妥协。也正因为如此,他使一个古典文本在我们这个时代重新获得了生命。

这种策兰式的翻译,对人们不能不是一种冲击。② 这种冲击不仅是颠覆性的,也是开创性的。进一步看,策兰对莎士比亚的重写,不仅在于内容和感受力的深化,还在于语言形式的重新锻造。我们通过以上的译文已看到了:策兰在翻译莎士比亚时,绝不像其他译者那样在语言形式和节奏上亦步亦趋,而是以"离形得似"的大手笔,重造另一种形式。这种形式的重造,体现在结构、语序、句法上(如以"它们"来

---

① 转引自:乔治·斯坦纳.通天塔——文学翻译理论研究(即《After Babel》节译本)[M].庄绎传,编译.北京:中国对外翻译出版公司,1987:57。
② 在一封给策兰的未寄出的信中,巴赫曼这样说:"你说,有人败坏了你翻译的兴致。亲爱的保罗,这也许是我唯一不怎么怀疑的东西……但是,我现在完全相信你,我现在对那些专业翻译家的恶毒也有所闻,我也没料到他们会搀和进来。有人在讨论我(在翻译翁加雷蒂时)所犯的错误时,曾这样调侃说,那些意大利语差的人不会伤害我,而那些也许更懂意大利语的人,却完全不知道一首诗在德语里应该是什么样子。你明白吗,我相信你,相信你的一切,你的每一个用词。"该段文字见《心的岁月:策兰、巴赫曼书信集》。

替代"那些时辰",这不仅是用词的变化,也是结构上的调整),也体现在对原作诗句的切断和"破碎化"上。这种策兰式的"停顿"(Zäsur),拓开了"换气"①的空间,也形成了更为迫人的、完全不同于原作的节奏。

这当然和策兰自己的写作习性和风格有关。正如库切看到的那样:"策兰的诗不是扩展的音乐:他似乎不是以长的呼气为单位,而是逐字逐句地,一个词一个词、一个短语一个短语地创作。"而他的翻译也正是这样,为了给每个词和短语以足够的份量,也为了形成译作自身的节奏。

不仅如此,这样的"停顿",在费尔斯蒂纳看来还有了更多的意味:停顿,这是一行诗内部的断裂、休止,"这样的停顿给了策兰一个物理的标志,使他感到每一样影响着他的裂口。……荷尔德林关于停顿的看法是,在古典诗剧中那是一个决定性的时刻。"

不独有偶,阿多诺在论述贝多芬的"晚期风格"时也谈到了"停顿",说那是"困难的决定","以引进一个出乎意料之外的新东西来界定这个新的时刻"。在这种停顿中,"形式深深吸一口气。这中断是道地的史诗刹那。但这是音乐自我省思的当口——它游目四顾"。这样的停顿是"一个逗留,不急着赶路,旅途即是目标……既不前行,亦非浮现,而是'游息'……音乐在底下持续"。

这种富有意味的"停顿",我们在策兰那里都一再地感到了,"夏

---

① 策兰认为诗歌是一种"换气"(Atemwende),他在1967年出版的诗集就叫《换气》。

天? 曾经是夏天""它活着,这花朵,更芳馨了,严冬"。这些,都是一首诗"自我省思的当口——它游目四顾"!

至此,我们多少已看清了,"停顿",这就是"晚期风格"之使然,是语言本身所经历的"自身分裂"之使然。在策兰的早期就不是这样(策兰早期诗的特征就是音乐性和长句子)。他曾对人讲过,在《死亡赋格》之后,他不再那样"音乐化"了。当他翻译时,他也不再能"容忍"莎士比亚的流畅和雄辩。他所携带的深重创伤,所体验到的存在之难、之不可言说,所面对的"语言的沉默",等等,也迫使他以口吃对抗雄辩,以停顿来代替流畅。

这一切,也总是会对语言有所要求。维特根斯坦在他的哲学笔记中曾这样说:"当困难从本质上被把握后,这就涉及到我们开始以新的方式来思考这些事情。例如,从炼金术到化学的思想方式的变化,好像是决定性的"。①

在策兰对莎士比亚的翻译中,我们感到的正是这种对"困难"的更本质的把握,是诗歌语言自身"从炼金术到化学"的决定性裂变。而他这样做的结果,是完全改变了译文对原文的那种传统的"模式—复制"关系,而把它变成了一种文本上的"共生"关系——恰如德里达在谈论策兰时所说:在与语言的博斗中"给语言一副新的身体"(德里达认为在一般的翻译中丢失的,正是"语言的身体")。②

---

① 维特根斯坦.文化与价值[M].黄正东,唐少杰,译.北京:清华大学出版社,1987:69.
② DERRIDA J. Sovereignties in Question, The Poetics of Paul Celan[M]. DUTOIT T, PASANEN O, edit. New York: Fordham University Press, 2005.

也只有策兰这样的译者,才能通过这种翻译的搏斗促成语言自身的更新。"它活着,这花朵,更芳馨了,严冬"——也只有策兰这样的译者,才能完成这种对"古典风格"的重写,才可以担当起这伟大的翻译。

策兰诗歌扩展阅读
（二十首）①

① "扩展阅读"部分二十首诗的中译均系王家新依据英译并参照德文原诗译出，其中《花冠》《在一盏烛火前》《灰烬的光辉》《毫不踌躇》《闯世纪》等诗经过了芮虎依据德文原诗校订。

水晶[1]

不要在我的唇上找你的嘴,
不要在门前等陌生人,
不要在眼里觅泪水。

七个夜晚更高了红色朝向红色,
七颗心脏更深了手在敲击大门,
七朵玫瑰更迟了夜晚泼溅着泉水。

注释

[1]《水晶》(Kristall)选自《罂粟与记忆》。

旅伴[1]

你母亲的灵魂逡巡在前。
你母亲的灵魂在夜里为你导航,暗礁连着暗礁。
你母亲的灵魂在船头为你鞭打鲨鱼。

这个词是你母亲的监护。
你母亲的监护分享着你的床铺,石头挨着石头。
你母亲的监护屈身于光的碎屑。

注释

[1]《旅伴》(Der Reisekamerad)选自《罂粟与记忆》。

花冠[1]

秋天从我手里吃它的叶子：我们是朋友。
从坚果里我们剥出时间并教它如何行走：
于是时间回到壳里。

在镜中是礼拜日，
在梦里被催眠，
嘴说出真实。

我的眼移落在我爱人的性上：
我们互看，
我们交换黑暗的词，
我们互爱如罂粟和记忆，
我们睡去像酒在贝壳里，
像海，在月亮的血的光线中。

我们在窗边拥抱，人们在街上望我们：
是时候了他们知道！
是石头到了开花的时候，
是不安的心脏跳动，
是时候成为时候的时候。

是时候了。

注释

［1］《花冠》(Corona)选自《罂粟与记忆》。《花冠》为保罗·策兰写给英格褒·巴赫曼的一首诗。巴赫曼在给策兰的回信中说:"我常常在想,《花冠》是你最美的诗,是对一个瞬间的完美再现,那里的一切都将成为大理石,直到永远。"

法国之忆[1]

和我一起回忆吧：巴黎的天空，硕大的
　　秋水仙花……
我们从卖花姑娘的小摊上买心：
它们曾是湛蓝的，并在水上绽开。
开始下雨了在我们的房间里，
而我们的邻居，莱松先生，[2]一个瘦小的
　　男人进来。
我们玩牌，我输掉了眼睛，
你借给我头发，也跟着输掉，他打垮了我们。
他穿门离去，雨追着他。
我们死去，且能够呼吸。

注释

[1]《法国之忆》(Erinnerung an Frankreich)选自《罂粟与记忆》。该诗约于1946年写于布加勒斯特,是策兰对他1938—1939年间在法国短期留学生活的回忆。

[2]"莱松先生"原文为法语"Monsieur Le Songe",有"梦先生"的意思。

今夜同样[1]

更满
既然雪也降到这上面
太阳浸透过的海,
冰花开在篮子里,
你携带进城。

沙子[1]
你向它索取,
因为最后的
在家的玫瑰
今夜同样想要被喂养
从簌簌流淌的时间。

注释

[1]《今夜同样》(Auch heute abend)选自《从门槛到门槛》。沙子为贯穿策兰一生创作的重要意象。

在一盏烛火前[1]

以冷轧的金子,如你
所嘱咐我,母亲,
我打造烛台,[2]由此
在碎裂的时间中
使我变暗上升:
你的
死者之躯的女儿。[3]

苗条的体态,
一道修长的,杏仁眼的影子,
嘴和性器
被微睡的动物围着跳舞,
她拂去裂开的金子,
升上
此在的峰顶。

以被乌云笼罩之夜的
嘴唇
我祝福:

以三者的名义

他们相互结仇,直到

天堂降落进情感的坟墓,

以三者的名义,他们的戒指

在手指上使我闪光,每当

我在峡谷里松开树木的毛发,

山洪沙沙流过,穿过深处——

以三者中第一个的名义,

他呼喊了出来

仿佛呼喊着生命,他的词语比他先出现,

以第二个的名义,他观看并哭泣,

以第三个的名义,他在

中心堆出白色的石头,——

我宣告你无罪

用阿门,它盖过我们的声音,

用冰光,给它镶上边,

那里,如塔一样高,它进入海,

那里,这灰色的,鸽子

啄起这些名字

在死亡的这边和那边:

你留下,你留下,你留下

一个死人孩子,[4]

奉献我渴望的"不",

嫁给一个时间的裂隙,
我母亲的教诲把我引向前去
哪怕只有一次
手的颤抖,
再次再次把我抓到那心上!

注释

［1］《在一盏烛火前》(Vor einer Kerze)选自《从门槛到门槛》。

［2］以冷轧的金子打造烛台，这在《出埃及记》中是神对摩西的命令，在策兰这首诗中，变成了母亲神圣的嘱咐。

［3］母亲因为死亡而变得年轻了，成为有着"死者之躯的女儿"——神的女儿。

［4］"一个死人孩子"，指策兰自己的第一个出生几日即夭折的儿子福兰绪(Francois)，策兰曾为他专门写过诗。

在下面[1]

把家带入遗忘
我们迟缓眼睛的
客人致辞。

把家带着,音节相继,分配给
日盲的骰子,在那只
游戏的手抓起后,巨大,
醒着。

而我谈论的多余:
堆积出小小的
水晶,在你沉默的服饰里。

注释

[1]《在下面》(Unten)选自《言语栅栏》。"家"一直是策兰一生"带着"的主题,但那却是一个被埋葬的家园。海德格尔在对荷尔德林、里尔克的阐释中提出过"诗人的天职是返乡"这一命题,但对策兰而言,家在哪里?——"在下面",在那灰烬和遗骸的"下面"!他所写下的,都不过是"无乡的返乡之诗",他要"谈论"的,皆为"多余"。

在嘴唇高处[1]

在嘴唇高处,可察觉:
变暗的生长。

(光,无需寻找,你留下
雪的陷阱,你攫住
你的猎物。

两者都有效:
触摸和未触摸。
两者愧疚地谈着爱,
两者都要存在和死亡。)

叶片疤痕,嫩芽,带着睫毛。
一瞥,陌生的日子。
豆荚,真实而绽开。

嘴唇曾经知道。嘴唇知道。
嘴唇哑默直到结束。

注释

[1]《在嘴唇高处》(In Mundhöhe) 译自《言语栅栏》。这是策兰于1957年写给英格褒·巴赫曼的又一首诗。除了自身背负的沉重历史负担,还因为策兰已在巴黎和法国版画家吉瑟勒成婚,所以他和巴赫曼之间的爱情关系,更带有一种痛苦和负疚的性质。

在收集的[1]

在收集的

标志前,在

词薄膜油帐篷里,在

时间的出口,

呻吟声在光中

消隐

——你,国王的空气,钉在

瘟疫十字架上,现在

你绽开——

气孔眼睛,

蜕去疼痛的鳞,在

马背上。

注释

[1]《在收集的》(Bei den zusammengetragenen)选自诗集《换气》。1964年,策兰经过科隆,想起中世纪在科隆发生的一场大瘟疫,写下此诗。在那场灾难中,犹太人作为祸因惨遭集体屠杀。科隆圣玛丽亚教堂至今仍存有"瘟疫十字架"。

淤泥渗出[1]

淤泥渗出,之后
岸草沉寂。

还有一道水闸。在
树瘤塔上,
你,浸透了咸味
流入。

在你面前,在
巨大的划行的孢子囊里,
仿佛词语在那里喘气,
一道光影收割。

注释

[1]《淤泥渗出》(Schlickende)选自诗集《换气》。

灰烬的光辉[1]

灰烬的光辉
在你震颤的受缚的手后
在交叉路口。

那曾经的蓬提斯海,[2]这里
一滴水
落在
淹溺的船桨上,
深处
在石化的誓言里
水泡仍在鼓动。[3]

(而垂直的
呼吸的准绳,回荡到
高之上的高
在两个痛苦的结之间,当
闪亮的
鞑靼人的月亮爬向我们
我自己就钻入你、你。)

灰烬的
光辉,在你们
交叉路口的——
手后面。

而在你们前面,从东方
掷来的骰子,令人惊恐。

无人[4]
为这见证
作证。

注释

[1]《灰烬的光辉》(Aschenglorie)选自诗集《换气》。

[2] Pontic,黑海的古称,1947年间策兰曾携女友在附近度假。

[3]"在石化的誓言里/水泡仍在鼓动",也许,这就是策兰所做出的"诗的见证"。法国哲学家德里达在《见证的诗学和政治学》中也分析了策兰的这首诗。德里达认为,尽管由于为见证作证的不可能性,我们可能永远不知道策兰这首诗要见证什么。但是,这首诗仍然在说话。

[4]"无人"(Niemand),是策兰诗歌中经常出现的一个重要的指称,如《赞美诗》中的"无人",如诗集《无人玫瑰》,如《数数杏仁》中的"无人之心"(niemandes Herz),等等。这个指称因其在策兰诗作具体语境中的多义性经常让人把握不定,人们惯于把"无人"读解成"没有人",但随着我们对策兰诗歌包括这首诗的深入体会,我们会感到"无人"仿佛已由一种否定性的陈述("没有人"、"没有任何人")变成了一个"名词":对一种更高、更无形的存在的命名。

对这首诗的解读也是如此,如果把诗最后一节的"无人"读解为"没有人",我们当然可以由此体会到诗中所蕴含的沉痛感,或见证的不可能性。但是正如德里达所感到的那样"这首诗仍然在说话",它依然隐现着多重层次和视角,越是无人似乎越是有一双"无人之眼"在注视和见证。

何处?[1]

何处?
在夜的易碎体里。

在忧伤碎石和漂砾中,
在最缓慢的涌动中,
在智者的一声永不里。

水的针脚
缝纫破裂的
阴影——他搏斗
更深地向下,
自由。[2]

注释

［1］《何处?》(Wo?)选自诗集《换气》。

［2］策兰因无法克服的精神创伤于1970年4月20日夜从巴黎米拉波桥上投塞纳河自尽,这首诗提前写出了诗人的命运。

永恒老去[1]

永恒老去：在
策韦泰里，[2]日光兰[3]
以它们的白
相互询问。

以从死者之锅中
端出的咕咕哝哝的勺子，
越过石头，越过石头，
他们给每一张床
和营房
舀着汤。

注释

[1]《永恒老去》(Ewigkeiten)选自诗集《线太阳群》(Fadensonnen,1968)。

[2]策韦泰里(Cerveteri),意大利城市。

[3]日光兰,希腊神话中地狱之神的花,据说可保灵魂安宁。

权力,暴力[1]

权力,暴力。

在它们后面,在竹林内:
犬吠的麻风,交响。

文森特[2]赠与的
耳朵
已抵达它的目的地。

注释

[1]《权力,暴力》(Mächte, Gewalten)选自诗集《线太阳群》。

[2] 文森特,即画家文森特·凡高,他曾把自己的耳朵割下送人。

毫不踌躇[1]

毫不踌躇,
厌恶的浓雾降临,
悬垂的灼热烛台
向我们,袭下

多肢的烈焰,
寻找它的烙印,听,
从哪里,人的皮肤近处,
咝的一声,

找到,
失去,

陡峭的
阅读自己,数分钟之久,
那沉重的,
发光的,
指令。

注释

[1]《毫不踌躇》(Bedenkenlos)译自组诗《进入黑暗》(Eingedunkelt,1968)。该诗为组诗"进入黑暗"的一首。这组诗写于1966年3月17日至4月19日诗人接受精神治疗期间。因为主题和风格有异,这组诗没有编入同时期编定的诗集"线太阳群",而是被单独列出。

闰世纪[1]

闰世纪,闰——
分秒,闰——
生日,十一月了,闰——
死。

储存在蜂槽里,
"bits
on chips"[2]

这来自柏林的大烛台诗,

(非隔离的,非——
档案的,非——
福利的?一种
生活?)

阅读之站台,在晚词里,[3]

从天空中
救下光焰的舌尖,

山脊在火炮下,

感觉,结霜的——
纺轴,

冷却发动——
以血红蛋白。

注释

［1］《闰世纪》(Schaltjahrhunderte) 选自诗集《逼迫之光》(Lichtzwang, 1970)；策兰生于1920年11月，那一年为闰年。

［2］"bits/on chips"，为当时新出现的英文计算机用语，用于信息储存。

［3］"晚词"(Spätwort) 为策兰自造的词语，该词的重要诗学意义在本书导言中已有所阐释。这一句的原诗为"Lesestationen im Spätwort"（费尔斯蒂纳的英译为"reading station in the lateword"），本人的中译对"晚词"作出了强调。

那逃掉的[1]

那逃掉的
灰鹦鹉
在你的嘴里
念经。

你听着雨
并猜测这一次它也
是上帝。

注释

[1]《那逃掉的》(Die Entsprungen)选自诗集《逼迫之光》。

越过超便桶的呼唤[1]

越过超便桶的呼唤:你的
伙伴,他可以被命名,
挨着破书的边缘。

来,带着你的阅读微光
这是一道
路障。[2]

注释

［1］《越过超便桶的呼唤》(Der überkübelte Zuruf) 选自诗集《雪部》。

［2］策兰曾对 1968 年 5—6 月间法国的"五月风暴"运动深感兴奋,曾专门写有诗作。该诗最后"路障"的意象即取自"五月风暴"期间巴黎的场景。

我听见斧头开花[1]

我听见斧头开花,[2]
我听见一个不可命名的地方,

我听见那只瞅着他的面包
治愈被吊死的男人,
为妻的已为他焙好,

我听见他们呼唤生活
那唯一的庇护。

注释

[1]《我听见斧头开花》(Ich höre, die Axt hat geblüht)选自诗集《雪部》。

[2] 诗人早期的《花冠》中有"是石头到了开花的时候"的诗句。"石头开花"是生,是爱,"斧头开花"是死,但它同样是爱。生与死、今生与来世这两扇门对他"一直敞开着"。

在我精疲力竭的膝上[1]

在我精疲力竭的膝上站着
我的父亲,

死一般
巨大
他站在那里,

米查罗夫卡和樱桃园[2]
一起围绕着他,

我知道有一天
将会这样,他说。

注释

[1]《在我精疲力竭的膝上》(In meinem zerschossenen Knie)选自诗集《雪部》。

[2] 米查罗夫卡,位于乌克兰布格河东纳粹集中营的名字,策兰的父母在那里遇难。从照片上看,策兰长得很像他深爱的母亲,而他和父亲的关系比较复杂。父亲从小对他非常严苛,父亲所持的正统的犹太教和犹太复国主义信条也使他难以接受。这使人联想到卡夫卡与父亲的关系,实际上策兰也同朋友讲过:在犹太人的家庭里,卡夫卡致他父亲的那些痛苦的信,不得不一再书写。但是集中营的悲惨死亡,渐渐改变了这一切。诗人一再怀念的是母亲,但父亲的亡灵却自动出现在了"我精疲力竭的膝上"。而诗人不得不拥抱起这个变小了的父亲,虽然他又像"死一般/巨大"。那就是他的前生,也是他的来世。

参考文献 *

德文参考文献：

CELAN P. Paul Celan Die Gedichte: Kommentierte Gesamtausgabe [M]. herausgegeben und kommentiert von Barbara Widermann. Frankfurt am Main: Suhrkamp Verlag AG, 2003.

CELAN P. Gesammelte Werke in sieben Bänden [M]. Frankfurt am Main: Suhrkamp Verlag AG, 2000. (Band I: Gedichte I / Band II: Gedichte II / Band III: Gedichte III, Prosa, Reden / Band IV: Übertragungen I, zweisprachig / Band V: Übertragungen II / zweisprachig / Band VI: Das Frühwerk / Band VII: Gedichte aus dem Nachlaß)

MANDELSTAM O. Gedichte [M]. Aus dem Russischen übertragen von Paul Celan. Berlin: Fischer Taschenbuch Verlag, 2004.

EMMERICH W. Paul Celan [M]. Hamburg: Rowohlt Taschenbuch, 1999.

WIEDEMANN B. Paul Celan-Die Goll-Affäre [M]. Frankfurt am Main: Suhrkamp Verlag AG, 2000.

Paul Celan [M]. Herausgegeben von Werner Hamacher & Winfried Menninghaus, Frankfurt am Main: Suhrkamp Verlag AG, 1988.

CELAN P, BACHMANN I. Ingeborg Bachmann-Paul Celan: Herzzeit, Der Briefwechsel [M]. Frankfurt am Main: Suhrkamp Verlag AG, 2008.

---

* 资料所限，个别出版信息缺如。

Paul Celan, Gedichte, Neu ausgewählt［M］. Frankfurt am Main：Suhrkamp Verlag AG, 2011.

英文参考文献：

FELSTINER J. Paul Celan：Poet, Survivor, Jew［M］. New Haven：Yale University Press, 2001.

CELAN P. Selected Poems and Prose of Paul Celan［M］. FELSTINER J, translate. New York：W・W・Norton, 2001.

（斯坦福大学教授约翰·费尔斯蒂纳所著的策兰评传《保罗·策兰：诗人、幸存者、犹太人》，曾获国家图书评论奖提名，也很快被译成德文。作为一位犹太裔学者，费尔斯蒂纳坚持从"诗人、幸存者、犹太人"这个角度解读策兰，在策兰研究领域具有标志性意义。除了策兰传外，费尔斯蒂纳还编译有《保罗·策兰诗文选》，收有策兰不同时期大约160首诗作及一些重要的获奖演说。因为有深入、全面的研究做基础，费氏对策兰的翻译比较可靠，具有相当的权威性。他所著的策兰评传已被译成中文（见《保罗·策兰传》，李尼译，江苏人民出版社，2009），具有一定的参考价值，但翻译过于草率，错误甚多。）

CELAN P. Selected Poems［M］. HAMBURGER M, translate, London：Penguin Books, 1990.

CELAN P. Poems of Paul Celan (Revised and Expanded)［M］. HAMBURGER M, translate. New York：Persea Books, 2002.

（对策兰的英译，应首推英国德裔诗人翻译家米歇尔·汉伯格，他在策兰在世时就开始翻译策兰了。他翻译的策兰诗选（企鹅版，1990年初版），包括了策兰一生不同时期的163首诗，这是第一个产生广泛影响的英译本。让人不满足的，是对策兰后期诗歌关注不够。2002年，汉伯格的策兰诗选修订扩大版由纽约Persea Books出版，增加了《狼豆》等近十首诗。）

CELAN P. Paul Celan：Selections［M］. JORIS P, edit. Oakland：University of California Press, 2005.

CELAN P. Breathturn[M]. JORIS P, translate. Las Vegas: Sun and Moon Press, 1995.

CELAN P. Threadsuns[M]. JORIS P, translate. Las Vegas: Sun and Moon Press, 2000.

CELAN P. Lightduress[M]. JORIS P, translate. Los Angeles: Green Integer, 2005.

CELAN P. The Meridian: Final Version-Drafts-Materials[M]. JORIS P, translate. Stanford: Stanford University Press, 2011.

(作为一个从欧洲移民美国的诗人翻译家,皮埃尔·乔瑞斯致力于译介策兰后期诗歌。到目前为止,他至少已提供了三个策兰后期诗集《换气》《线太阳群》《光之逼迫》的译本,还编选过一个策兰诗文选集,翻译过德国批评家编选的策兰《子午线》演讲辞的定稿-草稿-材料。就翻译来看,乔瑞斯比其他有些译者更能深入、精确地把握策兰后期诗歌。他没有迎合、照顾一般英语读者的阅读习惯,而是坚持保留原诗的难度,坚持提供一种"策兰式的"的诗。)

CELAN P. Glottal stop, 101 Poems[M]. POPOV N, MCHUGH H, translate. Middletown: Wesleyan University Press, 2000.

(波波夫和麦克休的《喉头爆破音:101首策兰的诗》,主要选取的是策兰中后期诗歌,明显体现了其"后现代主义"取向。著名诗人罗伯特·品斯基称该译本"有着策兰那独一无二的声音所要求的无畏的音质和表现主义的句法"。该译诗集曾获2001年度格里芬国际诗歌奖。波波夫和麦克休的翻译观也颇为"大胆",在译者前记中他们称"我们寻求更高的忠实",寻求那种"允许我们在英语里再创造"的可能性,最终"使一首诗只是存在于译文中,一种以惊奇、歧义、钟爱和暴力所标记的相遇。")

CELAN P. Fathomsuns and Benighted[M]. FAIRLEY I, translate. New York: The Sheep Meadow Press, 2001.

CELAN P. Snow Part[M]. FAIRLEY I, translate. New York: The Sheep Meadow Press, 2007.

CELAN P. Last Poems[M]. WASHBURN K, GUILLEMIN M, translate. San

Francisco: North Point Press, 1986.

CELAN P. Collected Prose[M]. WALDROP R, translate. Manchester: Carcanet Press, 2003.

CELAN P, SHMUELI I. The Correspondence of Paul Celan and Ilana Shmueli [M]. GILLESPIE S H, translate. New York: The Sheep Meadow Press, 2010.

ADORNO T W. Aesthetic Theory [M]. LENHARDT C, translate. London: Routledge and Kegan Paul, 1984.

GADAMER H G. Gadamer on Celan: "Who Am I and Who Are You?" and Other Essays[M]. HEINEMANN R, KRAJEWSKI B, translate. New York: State University of New York Press, 1997.

(《伽达默尔论策兰:"我是谁,你又是谁"及其他散论》,纽约州立大学出版。在《我是谁,你又是谁》这篇长篇解读中,伽达默尔以哲人的眼光、阐释学家的精细手艺从"诗与思"的角度解读了策兰后期诗集《换气》中的21首诗。皮埃尔·乔瑞斯曾指出"德国学者们试图在一个可称之为民族主义的'日耳曼学'传统的背景下来分析策兰的作品",伽达默尔可视为一个主要的代表。)

CHALFEN I. Paul Celan: A Biography of His Youth[M]. New York: Persea Books, 1991.

SZONDI P. Celan Studies [M]. BERNOFSKY S, MENDELSOHN H, translate. Stanford: Stanford University Press, 2003.

DERRIDA J. Sovereignties in Question: The Poetics of Paul Celan [M]. DUTOIT T, PASANEN O, edit. New York: Fordham University Press, 2005.

LACOUE-LABARTHE P. Poetry as experience [M]. TARNOWSKI A, translate. Stanford: Stanford University Press, 1999.

FIORETOS A. Word Traces: Readings of Paul Celan[M]. Baltimore: the Johns Hopkins University Press, 1994.

AGAMBEN G. Remnants of Auschwitz: The Witness and the Archive [M].

HELLER-ROAZEN D, translate. New York: Zone Books, 1999.

AGAMBEN G. The end of the poem[M]. HELLER-ROAZEN D, translate. Stanford: Stanford University Press, 1999.

BENJAMIN W. Illuminations[M]. ARENDT H, edit. New York: Schocken Books, 1988.

CELAN P. Nelly Sachs: Correspondence[M]. CHRISTOPHER C, translate. New York: The Sheep Meadow Press, 1995.

COETZEE J M. In the Midst of Losses[J]. The New York Review of Books, July 5, 2001.

HOFMANN M. The Faber Books of 20th-Century German Poems[M]. London: Faber and Faber, 2005.

BRODSKY J. A Poet and Prose, Less Than One[M]. New York: Farrar, Straus and Giroux, 1987.

中文参考文献：

保罗·策兰.保罗·策兰诗文选[M].王家新,芮虎,译.石家庄：河北教育出版社,2002.

(《保罗·策兰诗文选》为策兰作品的第一个中译本,包括了策兰一生不同时期的101首诗,最主要的获奖演说、散文和书信,以及作品中德文对照索引、译者译序及译后记等。诗选部分由王家新依据英译本并参照德文原诗译出,部分译作经过了芮虎从德文中校正,文选部分由芮虎从德文中直接译出。)

保罗·策兰,英格褒·巴赫曼.心的岁月：策兰、巴赫曼书信集[M].芮虎,王家新,译.北京：中国人民大学出版社,2013.

沃夫冈·埃梅里希.策兰传[M].梁晶晶,译.台北：倾向出版社,2009.

(沃夫冈·埃梅里希的《策兰传》在德语世界很有影响。他对策兰的解读和评介,在立场上和美国的策兰学者费尔斯蒂纳十分接近,甚至更为坚决,在这部《策兰传》的前言中他说："大屠杀之后,只有由此织出的织物,只有源自于这一'基础'的文本结构,才具有合法的身份;一切立足于哀悼,立足于眼泪之源,这是1945年后的文学创作无法逾越的前提。"显然,这也是他研究策兰的着重点和前提。)

德国抒情诗选[M].钱春绮,顾正祥,译.西安:陕西人民出版社,1988.

文弗里特·沃斯特.黑色太阳群:德语国家当代诗歌精选[M].绿原,译.北京:中国工人出版社,1989.

保罗·策兰,等.带着来自塔露萨的书:王家新译诗集[M].王家新,译.北京:作家出版社,2014.

曼德里施塔姆.时代的喧嚣——曼德里施塔姆文集[M].刘文飞,译.昆明:云南人民出版社,1998.

奥西普·曼德尔施塔姆.我的世纪,我的野兽:曼德尔施塔姆诗选[M].王家新,译.广州:花城出版社,2016.

贝恩特·巴尔泽,等.联邦德国文学史[M].范大灿,等,译.北京:北京大学出版社,1991.

汉斯·昆,瓦尔特·延斯.诗与宗教[M].李永平,译.北京:生活·读书·新知三联书店,2005.

吕迪格尔·萨弗兰斯基.海德格尔传[M].靳希平,译.北京:商务印书馆,1999.

凯尔泰斯·伊姆莱.另一个人:变形者札记[M].余泽民,译.北京:作家出版社,2003.

阿多诺.贝多芬:阿多诺的音乐哲学[M].彭淮栋,译.台北:联经出版公司,2009.

阿多尔诺.否定的辩证法[M].张峰,译.重庆:重庆出版社,1983.

艾德华·萨依德.论晚期风格——反常合道的音乐与文学[M].彭淮栋,译.台北:麦田,2010.

海德格尔.在通向语言的途中[M].孙周兴,译.北京:商务印书馆,1997.

海德格尔.荷尔德林诗的阐释[M].孙周兴,译.北京:商务印书馆,2000.

马丁·布伯.我与你[M].陈维纲,译.北京:生活·读书·新知三联书店,1986.

詹姆斯·K·林恩.策兰与海德格尔:一场悬而未决的对话[M].李春,译.北京:北京大学出版社,2010.

孙向晨.面对他者:莱维纳斯哲学思想研究[M].上海:上海三联书店,2008.

胡戈·弗里德里希.现代诗歌的结构——19世纪中期至20世纪中期的抒情诗[M].李双志,译.南京:译林出版社,2010.

乔治·斯坦纳.斯坦纳回忆录:审视后的生命[M].李根芳,译.杭州:浙江大学出版社,2012.

玛丽娜·茨维塔耶娃.新年问候:茨维塔耶娃诗选[M].王家新,译.广州:花城出版社,2014.

奥尔特加-伊-加塞特.艺术的去人性化[M].莫娅妮,译.南京:译林出版社,2010.

保罗·策兰,等.张枣译诗[M].颜炼军,编选.北京:人民文学出版社,2015.

北岛.策兰:是石头要开花的时候了[J].收获,2004,4.

方维规.思想与方法:全球化时代中西对话的可能[M].北京:北京大学出版社,2014.

汉娜·阿伦特.黑暗时代的人们[M].王凌云,译.南京:江苏教育出版社,2006.